Sauschlägers
Jammertal

Helmut Exner

Sauschlägers Jammertal

Bibliografische Information der Deutschen Nationalbibliothek
Die Deutsche Nationalbibliothek verzeichnet diese Publikation in der Deutschen Nationalbibliografie; detaillierte bibliografische Daten sind im Internet über **http://dnb.d-nb.de** abrufbar.

Sauschlägers Jammertal

ISBN 978-3-947167-18-0

Dieser Titel ist auch als eBook erhältlich
in den Formaten ePub und MobiPocket (Kindle).

Abbildungsnachweise:

Umschlag (Schatten) © jamesstar | # 48374353 | depositphotos.com
Umschlag Hintergrund © Larisa-K | # 2539411 | pixabay.com
Hintergrundmotiv, Seite 128 © Yuriy2012 | #322773506 | shutterstock.com
Autorenporträt © Ania Schulz | as-fotografie.com

Lektorat:
Sascha Exner

Druck:
TZ-Verlag und Print GmbH, Roßdorf

Verlag:
EPV Elektronik-Praktiker-Verlagsgesellschaft mbH
Postfach 1163 · 37104 Duderstadt · Deutschland
Fon: +49 (0)5527/8405-0 · Fax: +49 (0)5527/8405-21
E-Mail: mail@harzkrimis.de

HARZKRIMIS.DE

Im Jammertal

Wir müssen im Jammertal leben,
unsere Sünden werden nie vergeben.
Tut Buße zur rechten Zeit,
sonst seid ihr verloren in Ewigkeit.

Lilly und ihre Freundin Gretel saßen vor dem alten Zechenhaus mitten im Wald. Sie hatten versucht, die Idylle zu genießen, bei einer Tasse Kaffee in die undurchdringliche Natur zu schauen, sich zu unterhalten oder einfach nur dem Vogelgezwitscher zu lauschen. Aber es wollte ihnen nicht recht gelingen. Sie saßen jetzt seit einer Viertelstunde hier und hörten immer wieder diese Stimme, die mal näherkam und dann wieder weit weg schien. Es war die Stimme eines alten Mannes, der aus Leibeskräften dieses grässliche Lied sang, wenn man es überhaupt ein Lied nennen konnte. Es war mehr eine Aneinanderreihung von schiefen Tönen in einer Melodik, die einem Gänsehaut über den Rücken trieb. Jetzt kam die Stimme näher, und sie konnten zum ersten Mal den Text richtig verstehen.

Wir müssen im Jammertal leben,
unsere Sünden werden nie vergeben …

In diesem Moment kam ein alter Mann zwischen den Fichten hervor und sang ungerührt ihrer Anwesenheit weiter.

Tut Buße zur rechten Zeit,
sonst seid ihr verloren in Ewigkeit.

Als er die beiden alten Frauen sah, ging er auf sie zu und fragte ohne Gruß: »Hätten Sie wohl ein Glas Wasser für einen armen Wanderer?«

Der Mann sah aus wie aus der Zeit gefallen. Sein Alter war undefinierbar. Vielleicht war er sechzig, möglicherweise auch achtzig, er war hoch gebaut, ziemlich dürr und trug einen schwarzen Gehrock, wie er vor hundert Jahren mal Mode gewesen sein mochte. Er hatte einen schwarzen Hut auf, ähnlich einem Zylinder, den er jetzt abnahm – wahrscheinlich nicht aus Höflichkeit, sondern weil ihm warm war. Gretel, die den Kerl misstrauisch musterte, nahm die Wasserflasche, die auf dem Tisch stand, goss ein Glas bis zum Rand voll und reichte es dem Mann. Dieser führte es zum Mund und trank es ohne abzusetzen leer. Dann stellte er es auf den Tisch. Kein Dankeschön, kein freundlicher Blick.

Lilly sagte: »Was ist das für ein schauriges Lied, das Sie die ganze Zeit gesungen haben? Da laufen ja die Hirsche weg.«

»Nicht das Lied ist schaurig, sondern das Leben.«

»Aber ich bitte Sie«, entgegnete Lilly, »freuen Sie sich doch an der herrlichen Natur. Tot sind Sie noch lange genug.«

»Es gibt keinen Tod. Das ist ja gerade der Jammer. Ich würde mir nichts sehnlicher wünschen als den Tod. Endlich Ruhe zu haben, in der Erde zu vermodern und mit der Natur eins zu werden. Aber dieses Glück ist uns nicht beschieden. Wir müssen auf dieser unglückseligen Erde weiterwandern.«

Die beiden Frauen sahen sich vielsagend an und Lilly sagte: »Könnte es sein, dass Sie tot sind, und Sie wissen es gar nicht?«

Gretel ergänzte mit ihrer frechen Klappe: »Das ist wohl eher ein Fall von plemplem.«

Mit sehr ernstem Gesicht sagte der Mann: »Ihr alten Weiber glaubt, ihr wüsstet etwas. Aber ihr wisst gar nichts. Doch eines nicht sehr fernen Tages werdet ihr es am eigenen Leib erfahren. Aber dann ist es zu spät.« Damit wandte er sich ab und ging wieder Richtung Wald, laut singend:

Ich ziehe durch das Jammertal.
Es ist die reine Höllenqual.
Gott hat sich von uns abgewandt,
lässt uns zurück im Qualenland ...

Dann fing er wieder von vorne an: *Wir müssen im Jammertal leben* ... Allmählich wurde seine Stimme leiser, bis sie sich ganz in der Tiefe des Waldes verloren hatte.

Gretel konstatierte: »Aus welcher Anstalt der wohl entwichen ist? Der hat doch nicht alle Latten am Zaun.«

Lillys Freundin war eine Frau von Mitte siebzig. Als freundlich konnte man ihr Wesen sicherlich nicht bezeichnen. Sie sagte ungeschminkt ihre Meinung und überschritt auch schon mal die Grenze zur Beleidigung. Selbst Lilly, die zu den wenigen Menschen gehörte, die sie mochten, bezeichnete sie als alte Kratzbürste. Gretel Kuhfuß lebte verwitwet in ihrem Haus in Braunlage. Sie hatte viele Jahre lang als Haushälterin von Lillys altem Freund Ferdinand gearbeitet. Damit sie nach dessen Tod nicht in ein Loch fiel, holte Lilly ihre Freundin regelmäßig für ein paar Tage zu sich. Die beiden unternahmen dann viel zusammen, machten Ausflüge oder genossen einfach die Ruhe und den Ausblick in Lillys Garten. Wenn sie zu Besuch war, ließ Gretel es sich nicht nehmen, die Mahlzeiten zuzubereiten. Lilly, die eine schlechte Köchin war, hatte nichts dagegen. Im Gegenteil, sie genoss es, von ihrer Freundin bekocht zu werden. Nach einer Weile, meist nach ein oder zwei Wochen, hatten sich die beiden alten Damen über. Gretel bemerkte dann trocken: »Lilly, sei mir nicht bös', aber ich möchte wieder nach Hause. Du weißt ja, was Ferdinand immer gesagt hat: ‚Bleibt Besuch zu lange, fängt er an zu stinken.'«

Lilly verstand das. Schließlich war sie auch nicht ganz ohne. Mit ihren siebenundachtzig Jahren wurde sie von manchen Leuten geradezu gefürchtet. Einige Menschen wechselten die Straßenseite, wenn sie ihr begegneten. In den vielen

Jahren ihrer Tätigkeit als Studienrätin hatte sie ganze Schülergenerationen das Fürchten gelehrt und diverse Vorgesetzte in den Wahnsinn oder in die Frühpensionierung getrieben. Hatte sie allerdings mal einen Menschen ins Herz geschlossen, konnte der sich auf sie verlassen. Eine Marotte von ihr war, dass sie ihre Nase immer in die Angelegenheiten der Polizei stecken musste. Ein Kriminalkommissar, der bereits öfter mit Lilly zu tun hatte, stellte resigniert fest, dass sie die Verbrecher magisch anziehe. So hatte sie schon etliche Mörder, Entführer und Diebe zur Strecke gebracht. Dass sie selbst nie dabei zu Schaden gekommen war, mutete an wie ein Wunder. Lilly war nie verheiratet gewesen und lebte in dem Bergstädtchen Lautenthal. Von ihrem Haus am Berg konnte sie den gesamten Ort überblicken.

Lilly und Gretel waren für ein paar Tage in das alte Zechenhaus zwischen Clausthal-Zellerfeld und Silbernaal gezogen, um das sehr einsam gelegene Anwesen von Freunden zu hüten, die kurzfristig wegen eines Trauerfalls in der Familie verreisen mussten. Hier im Tal des Flüsschens Innerste war es so einsam, dass die meisten Menschen sicherlich vor Einbruch der Dunkelheit das Weite gesucht hätten. Nicht so Lilly und Gretel. Sie genossen es, mal für ein paar Tage ausschließlich Rehe, Hirsche und Wildschweine in ihrer Umgebung zu haben, von einigen vorbeiziehenden Touristen abgesehen.

»Mich lässt dieser Kerl von heute Nachmittag nicht los. Und dieses grauenvolle Lied«, sagte Lilly, als sie abends in der Küche saßen, um das von Gretel zubereitete Abendessen zu genießen. »Wenn du mich fragst, ist der Kerl irgendwo ausgebrochen. Er geht durch den Wald und verbreitet Weltuntergangsstimmung. Es wäre natürlich auch möglich, dass er ausgesetzt wurde, weil man seine Gegenwart nicht mehr ertragen konnte. Dafür hätte ich volles Verständnis.«

Schließlich stand Lilly auf, holte Stift und Papier und fing an, Noten zu schreiben.

»Was machst du denn da für einen Unsinn?«, fragte Gretel. »Fängst du beim Abendessen an zu komponieren?«

»Ich schreibe diese fragmentarische Melodie von dem Alten auf, damit ich sie nicht vergesse. Und den Text. Wer weiß, vielleicht komme ich noch dahinter, was es damit auf sich hat.«

Verschwunden

Am nächsten Vormittag, als Lilly und Gretel gerade im Garten waren, fuhren an dem sonst so einsamen Ort diverse Autos vorbei, darunter mehrere Polizeiwagen. Dann hörten sie auch noch das Rattern eines Hubschraubers, der über ihnen zu kreisen begann. Ein Fahrzeug fuhr bis an das Haus heran, und es stiegen zwei Leute aus. Lilly traute ihren Augen nicht.

»Das ist doch Kommissar Schneider«, rief sie ganz erstaunt. Mit diesem Kriminalbeamten, der sich durch Höflichkeit und eine Engelsgeduld auszeichnete, verband Lilly so einiges. Wann immer in der Gegend etwas Schreckliches passierte und der Kommissar zum Einsatz kam, war Lilly in irgendeiner Weise involviert.

»Fräulein Höschen, um Himmels willen, was machen Sie denn hier?«, war seine fassungslose Begrüßung.

»Guten Tag, lieber Herr Schneider. Was soll ich hier schon machen? Ich hüte mit Frau Kuhfuß das Haus von Freunden, die überraschend verreisen mussten. Aber wenn Sie hier aufkreuzen, bedeutet das sicher nichts Gutes!«

Er reichte den beiden Frauen die Hand und stellte seine Mitarbeiterin vor, die hinter ihm hergetrottet war, eine junge, attraktive Dame.

»Das ist Oberkommissarin Anna Leibold. Tja, mit Ihrer Diagnose könnten Sie recht haben. Wir sind auf der Suche nach einem Jungen, der seit gestern vermisst wird.« Er zeigte ihnen ein Foto, auf dem ein etwa Zwölfjähriger abgebildet war. »Haben Sie den vielleicht gesehen? Er soll gestern mit einem Gleichaltrigen hier in der Gegend gewesen sein. Der Freund kam am Abend nach Hause und erzählte, dass sein Kumpel plötzlich verschwunden war.«

Die beiden Frauen sahen sich das Bild genau an. Gretel schüttelte mit dem Kopf und Lilly sagte: »Wir haben in dieser Einsamkeit überhaupt niemanden gesehen. Das heißt, nachmittags kam ein alter Mann hier vorbei, ein komischer Kauz. Er hat die ganze Zeit so ein grässliches Lied gesungen, bat um ein Glas Wasser und ist dann wieder im Wald verschwunden.«

Sie setzten sich an den Gartentisch und Lilly und Gretel berichteten bis ins Detail über ihre gestrige Begegnung mit dem Fremden. Als Lilly anfing, das fürchterliche Lied zu singen, schaute die junge Kommissarin ihren Chef an, als würde sie gleich einen hysterischen Anfall bekommen.

Schließlich sprach Gretel ein Machtwort: »So, jetzt reicht es, Lilly. Bei deinem Singsang klappen einem ja die Fußnägel hoch.«

Dann verabschiedeten sich Schneider und seine Mitarbeiterin, um weiter in den Wald vorzudringen, wo Polizisten mit Spürhunden nach dem verschwundenen Jungen suchten.

»Sollten Sie irgendetwas bemerken ...«, sagte er beim Weggehen. Weiter kam er nicht.

»... dann können Sie sich darauf verlassen, dass wir Sie sofort anrufen«, vollendete sie den Satz des Hauptkommissars.

»Aber bitte keine Alleingänge«, merkte er noch an.

»Herr Schneider, Sie kennen uns doch.«

»Eben drum«, entgegnete er lächelnd.

»Mein Gott, wie kann denn einfach so ein Junge verschwinden? Das ist ja furchtbar«, sagte Lilly zu Gretel.

»Vielleicht ist ja etwas Schreckliches passiert, und sein Freund rückt nicht raus mit der Sprache«, meinte Gretel.

»Vielleicht haben sie im Prinzenteich gebadet und er ist ertrunken. Oder hat möglicherweise dieser Scheintote von gestern was damit zu tun?«

Es wurde Abend, und die Polizei war immer noch nicht abgerückt. Erst als es dunkel war, fuhren einige Fahrzeuge am Haus vorbei. Lilly hielt es nicht mehr aus. Sie ging schnurstracks an die Straße. Als ihr das Auto von Kommissar Schneider langsam entgegenkam, gab sie ein Handzeichen. Schneider stoppte, ließ das Fenster herunter und fragte: »Ist Ihnen noch etwas eingefallen, Fräulein Höschen?«

»Leider nein. Ich wollte nur fragen, ob Sie den Jungen gefunden haben?«

»Nein. Wir haben etliche Quadratkilometer abgesucht und müssen morgen früh weiter machen. Bei Dunkelheit hat es keinen Sinn in diesem Gelände.«

»Mein Gott, der arme Junge!«

»Gute Nacht«, verabschiedete sich Schneider mit resignierter Stimme.

Es war bereits nach 23.00 Uhr, aber die beiden Frauen kamen nicht auf die Idee, ins Bett zu gehen. Ihre Gedanken kreisten um das verschwundene Kind. Schließlich sprach Gretel ein Machtwort: »Also gut, lass uns noch einen kleinen Rundgang machen. Ich habe in der Küche eine Taschenlampe gesehen.«

»Ich hab mich ja nicht zu fragen getraut, Gretel. Aber wenn du selbst auf die Idee kommst – ich bin dabei.«

Es war kühl geworden, deshalb hatten sich die beiden Frauen langärmlige Pullis übergezogen. Sie gingen, vom Licht der Taschenlampe gewiesen, den Weg Richtung Prinzenteich hinauf. Auf dieser schmalen, mit Schlaglöchern übersäten

Straße fuhr nachts kaum mal ein Auto entlang. Links und rechts tiefer Wald. Absolute Stille. Selbst die Vögel hatten sich schon zur Nachtruhe begeben. Lediglich ein Uhu war in der Ferne zu hören. Es war unheimlich, aber dass Gretel so etwas wie Angst verspüren könnte, war undenkbar. Und Lilly fühlte sich in ihrer Gegenwart absolut sicher. Wahrscheinlich würde sie dem Teufel persönlich eins mit der Taschenlampe überziehen. Nach einer Weile sahen sie ein parkendes Auto, das Standlicht anhatte. Als sie näherkamen, erkannten sie, dass es sich um ein Polizeifahrzeug handelte.

»Guten Abend.«

Die Stimme kam aus dem Dunkeln und Lilly erschrak.

»Um Himmels willen, wie können Sie uns derart erschrecken?«

Der Mann kam näher und war nun als Polizist zu erkennen. »Entschuldigung«, sagte er. Aus dem Auto kam seine ebenfalls uniformierte Kollegin, die fragte: »Was machen Sie denn hier um diese Zeit mitten im Wald?«

»Einen Abendspaziergang«, patzte Lilly zurück.

»Das ist aber eine merkwürdige Zeit für einen Abendspaziergang, und dann in dieser Einsamkeit.«

»Na, so einsam scheint es ja hier nicht zu sein. Und wenn wir am Morgen hier langgehen würden, wäre es kein Abendspaziergang.«

»Ist Ihnen etwas aufgefallen?«, fragte die Polizistin.

»Nein, das haben wir vorhin auch schon Hauptkommissar Schneider gesagt. Und Sie sind sicherlich hier, weil der vermisste Junge immer noch nicht aufgetaucht ist.«

»Richtig. Und bei Tagesanbruch kommt wieder eine ganze Schar Kollegen, um weiter zu suchen. Aber ich denke, Sie sollten jetzt besser nach Hause gehen. Wo wohnen Sie denn?«

»Nicht weit von hier in dem ehemaligen Zechenhaus.«

Schließlich sagte Gretel: »So, jetzt reicht es. Wir kehren um.« An Widerspruch war nicht zu denken. Eine Viertelstunde später erreichten sie das Haus. Die Außenbeleuchtung hatten sie angelassen. Etwas abseits auf einem Stuhl der Sitzgruppe nahmen sie die Silhouette eines Menschen wahr. Sie schauten sich vielsagend an, gingen darauf zu und entdeckten ein Häufchen Elend – einen Jungen, der sie schläfrig anschaute.

»Wer bist du denn?«, fragte Gretel.

»Ich bin Leon. Ich finde nicht mehr nach Hause. Können Sie mir bitte helfen?«

»Natürlich«, sagte Lilly, »komm mit ins Haus, damit wir deine Eltern anrufen können. Die kommen bestimmt um vor Sorge.«

Als Erstes wickelte Lilly den Jungen in eine Wolldecke ein, da er in seinem dünnen T-Shirt und Shorts offenbar fror. Dann rief er seine Eltern an, während Gretel in der Küche etwas zu essen zubereitete.

»So, und nun hole ich Kommissar Schneider aus dem Bett«, verkündete Lilly genüsslich. Die Eltern waren zehn Minuten nach dem Anruf da, Schneider nach einer weiteren Viertelstunde. Körperlich fehlte dem Jungen offenbar nichts. Aber er machte einen verwirrten Eindruck. Schneider wollte ihn vorsichtshalber ins Krankenhaus bringen, was die Eltern abwehrten. Die Mutter war das reinste Nervenbündel. Auf Schneiders Frage, ob er entführt worden war oder ob ihm jemand etwas Böses angetan hatte, konnte er keine schlüssige Antwort geben. Er sagte nur: »Ich war im Jammertal. Da waren auch andere. Aber die konnten nicht weggehen.« Bei dem Wort Jammertal klingelte es bei Lilly und Gretel. Schließlich sah Schneider ein, dass er heute nichts mehr aus dem Jungen herauskriegen würde und dass er unbedingt Schlaf brauchte. Er musste sich bis zum nächsten Tag gedulden, um dann mit einer Kinderpsychologin die Familie aufzusuchen. Er war selbst Vater und wusste, dass man mit ungeschickten Fragen Schaden anrichten konnte. Die Eltern fuhren mit ihrem Sohn nach Hause und Schneider unterhielt sich noch kurz mit den beiden Frauen.

»Herr Schneider, Sie müssen diesen merkwürdigen Kauz finden, von dem wir Ihnen erzählt haben. Dieses grässliche Lied vom Jammertal geht mir nicht aus dem Kopf. Und jetzt erzählt dieser arme Junge, er sei im Jammertal gewesen. Das heißt doch, dass er diesem Mann begegnet sein muss. Vielleicht hat der ja etwas mit dem Verschwinden des Jungen zu tun.«

»Ja, Fräulein Höschen, ich werde Leon morgen dezidiert nach diesem Mann fragen. Und dann versuchen wir zu rekonstruieren, wo er die ganze Zeit war. Und wir halten natürlich Ausschau nach dem Mann. Sollte er ihnen noch einmal begegnen, rufen Sie mich bitte an.«

»Gut, dass Sie das sagen, Herr Schneider, darauf wäre ich jetzt gar nicht gekommen.«

Schmunzelnd und zutiefst erleichtert, dass die Sache einen guten Ausgang genommen hatte, verabschiedete sich der Kriminalbeamte von Lilly und Gretel.

Das Phantombild

Am nächsten Morgen war in dem so still und einsam gelegenen Haus der Teufel los. Zuerst rief Kommissar Schneider an. Er würde gleich mit seiner Kollegin vorbeischauen, damit diese ein Phantombild des merkwürdigen Mannes anfertigen konnte. Dann meldete sich Maria, die Eigentümerin des Hauses, um zu fragen, ob Lilly und Gretel noch ein paar Tage länger dort verweilen könnten. Sie und ihr Mann müssten sich noch um das Erbe der verstorbenen Tante kümmern und die Haushaltsauflösung organisieren.

»Aber natürlich, Maria. Es ist so wunderschön hier.«

»Ich hatte schon Angst, dass du es in dieser Einsamkeit nicht lange aushalten kannst.«

»Welche Einsamkeit? Hier ist richtig was los. Erst kam so ein komischer Alter, von dem man nicht wusste, ob er tot oder lebendig war, der vom Jammertal sang und uns erzählte, dass es keinen Tod gäbe. Dann verschwand hier in der Gegend ein Junge. Es gab eine riesige Suchaktion. Und als ich mit Gretel von einem kleinen Waldspaziergang gegen Mitternacht nach Hause kam, saß der Junge hier in einem Gartenstuhl. Eben rief die Kriminalpolizei an, dass sie gleich noch mal vorbeikommen wollen, damit wir ein Phantombild des verrückten Alten machen. Also, langweilig ist uns hier nicht.«

»Du meine Güte, Lilly! So viel ist in all den Jahren nicht passiert, seit wir da wohnen. Mal was ganz anderes: Meine Tante hat Berge von Büchern. Klassiker, moderne Literatur, Biografien ... Kannst du etwas gebrauchen?«

»Um Gottes willen. Ich verschenke schon ständig Bücher. Was meinst du denn, wie viel Zeit ich noch habe, das alles zu lesen? Ich kaufe mir ab und zu einen neuen Krimi und das war's. Wenn ich all die Bücher sehe, die bei mir herumstehen, bekomme ich schon eine Bibliophobie.«

In dem Moment fuhren zwei Autos vor und Lilly beendete das Telefonat. Aus dem einen entstiegen Schneider und seine Mitarbeiterin, aus dem anderen die Eltern mit ihrem Sohn und einem weiteren Jungen, den sie als Leons Freund Moritz vorstellten. Der Vater überreichte Lilly und Gretel je einen herrlichen Blumenstrauß, um sich für die Fürsorglichkeit ihrem Sohn gegenüber zu bedanken. Leon machte einen erholten Eindruck. In Gegenwart seines Freundes, von dem er vorgestern im Wald getrennt worden war, verhielt er sich ganz entspannt.

Nun hielt ein weiteres Auto vor dem Haus, dem eine Frau mittleren Alters entstieg. Sie war recht korpulent und hatte sympathische Gesichtszüge. Schneider sagte: »Ah, da kommt

Frau Scherbarth, die Psychologin. Ich werde mich jetzt mit der Dame und den beiden Jungen in den Wald begeben. Vielleicht finden wir da des Rätsels Lösung.«

Den Eltern von Leon bot Lilly an, bei diesem schönen Wetter draußen in der Sitzecke zu warten. »Ich bringe Ihnen auch gern etwas zu trinken.«

Dann ging sie zusammen mit Gretel und Oberkommissarin Anna Leibold ins Haus. Anna hatte auf ihrem Laptop ein Programm zur Erstellung von Phantombildern. Sie war eine spitzbübisch dreinschauende Frau von Mitte dreißig. Ihr blondes Haar hatte sie heute zu einem Pferdeschwanz gebunden. Und sie verstand ihr Handwerk. Es dauerte keine halbe Stunde, bis Gretel und Lilly sich einig waren, dass der Typ auf dem Bildschirm genau diesem singenden Unikum entsprach, das ihnen am Vortag begegnet war.

Als Anna Leibold sich das Ergebnis anschaute, sagte sie: »Der sieht ja aus wie aus einer anderen Zeit. Er erinnert mich an eine Art Wanderprediger aus dem 19. Jahrhundert.«

»Vielleicht stammt er ja aus dem 19. Jahrhundert«, sagte Lilly. »Er hat gesagt, dass es keinen Tod gibt. Möglicherweise geistert er als eine Art Zeitreisender durch die Welt.«

Gretel schaute ihre Freundin streng an und sagte: »So langsam wirst du wunderlich.«

Anna Leibold übertrug das Bild auf ihr Smartphone und schickte es dann den anderen Polizisten, die sich mittlerweile in der Umgebung eingefunden hatten. Sie sollten Spaziergänger und vor allem die Leute, die sich an den nahe gelegenen Teichen aufhielten, nach dem seltsamen Mann befragen. Bei schönem Wetter hielten sich dort viele Leute auf, um zu baden oder um einfach die gute Waldluft zu genießen. Etliche Menschen kamen auch täglich hierher, sodass eine gewisse Chance bestand, dass jemand den Mann gesehen hatte. Nach gut zwei Stunden kamen Schneider, die Psychologin und die beiden Jungen zurück. Leon schien in keiner guten Verfassung zu sein. Frau Scherbarth unterhielt sich mit den Eltern und meinte, dass der Junge nun erst mal Ruhe brauche. Sie würde sich morgen wieder bei ihnen melden, um das Erlebte aufzuarbeiten. Genaueres könne sie im Moment noch nicht sagen. Dann trafen auch einige Polizisten ein, um Schneider mitzuteilen, dass niemand diesen ominösen Mann gesehen hatte. Schließlich verabschiedeten sich alle und stiegen in ihre Fahrzeuge. Zurück blieben die beiden alten Frauen, die rätselten, was das alles zu bedeuten hatte.

Der Junge im Jammertal

Als Schneider und Psychologin Scherbarth mit den beiden Jungen losgegangen waren, herrschte noch eine fast heitere Stimmung. Sie konnten sich genau erinnern, wo sie vorgestern waren. Sie hatten die Wanderwege verlassen und waren querfeldein gegangen. Sie kamen in das Quellgebiet des Baches Große Bremke und gingen noch weiter bergab Richtung Osterode.

»Ich bin vorausgegangen«, sagte Moritz, »und als ich mich umdrehte, war Leon plötzlich verschwunden. Ich habe nach ihm gerufen, hab ihn überall gesucht, gewartet und wieder gerufen. Aber er war nicht mehr da. Ich wusste nicht, was ich machen sollte. Zuerst dachte ich, er hat sich versteckt. Aber so blöd ist er nicht. Er hätte sich bestimmt nach ein paar Minuten gemeldet. Aber ich habe fast eine Stunde gerufen und gesucht. Und dann bin ich umgekehrt.«

Schneider und die Frau Scherbarth hörten gespannt zu. Währenddessen saß Leon auf einem Baumstamm, etwa zwanzig Meter entfernt von den anderen, und schaute wie paralysiert vor sich hin. Die Psychologin ging zu ihm und fragte: »Was ist los? Erinnerst du dich, was passiert ist?«

»Es ist so scheußlich hier, so traurig. Die Leute sind so anders. Sie wollen weg, aber sie können nicht. Sie sind hier im Jammertal gefangen.«

Als Schneider und Moritz näherkamen, gab Frau Scherbarth ihnen ein Zeichen, dass sie still sein sollten. Leon war zurückversetzt in sein Erlebnis. Es folgte offenbar eine Fortsetzung des Geschehens von vorgestern. Er redete mit Leuten, die niemand außer ihm sah: »Ich kann euch nicht helfen. Ich weiß nicht, wie ich hierher gekommen bin. Ich will auch wieder weg. Nein, ich komme nicht zu euch runter. Letztes Mal kam dieser alte Mann und hat mich da rausgezogen. Und nun bin ich wieder hier. Aber ich komme nicht zu euch. Ich weiß ja nicht, ob der Mann wiederkommt und mich da raus holt.«

Eine halbe Minute Stille. Schneider war versucht, den Jungen etwas zu fragen, aber die Situation war zu ernst, um sich in die Bemühungen der Psychologin einzumischen. Dann stand Leon auf und sagte: »Danke.«

Jetzt schien er wieder bei Sinnen zu sein und sagte zu Frau Scherbarth: »Ich stand direkt am Jammertal. Der alte Mann, der so seltsam in schwarz gekleidet ist und einen komischen Hut aufhat, kam wieder und hat gesagt, ich soll hier weggehen.«

»Was hat er genau gesagt?«, fragte die Psychologin.

»Dies ist kein Platz für dich. Die alte Wuchtbrumme hat kein Recht, dich hierher zu bringen.«

»Wuchtbrumme?«

»Ja, das hat er gesagt und er hat Sie damit gemeint.«

»Und diesen Mann hast du vorgestern auch gesehen?«

»Ja, er kam, als ich im Jammertal war mit all den anderen Leuten. Er hat mich da herausgezogen. Und dann ging er weg und fing an, dieses grässliche Lied zu singen.«

»Leon, damit ich es richtig verstehe: Du hast diesen Mann eben gerade wiedergesehen?«

»Ja.«

Schneider dachte nach und sagte schließlich: »Wenn ich mich recht erinnere, ist Wuchtbrumme ein uralter Ausdruck für eine wohlgeformte Frau.«

»Sagen Sie ruhig dicke Frau, Herr Schneider«, sagte Frau Scherbarth. »Ich habe den Ausdruck auch schon mal gehört. Als ich ein Kind war, hat mein Urgroßvater entsprechend geformte Frauen so bezeichnet. Aber ein Zwölfjähriger von heute hat diesen Ausdruck niemals in seinem Wortschatz. Das ist seltsam.«

Leon schien erschöpft. Also beschloss die Psychologin, ihn nicht weiter zu quälen. Morgen war auch noch ein Tag. Denn offenbar ging es hier nicht um ein Verbrechen, sondern um Vorgänge in der Psyche des Jungen. Aber was hatte es mit diesem alten Mann auf sich, dem ja die beiden Frauen, Lilly und Gretel, auch begegnet waren?

Die Psychologin und der Kommissar

Am nächsten Tag saß Frau Scherbarth im Büro von Hauptkommissar Schneider in Goslar. Vorher war sie noch einmal bei Leon gewesen. Es hatte sie zwar einige Überzeugungskraft gekostet, dass die Mutter sie und den Jungen allein ließ, aber schließlich hatte sie sich ihrem Wunsch gebeugt.

»Herr Schneider, dies ist wirklich ein äußerst seltsamer Fall, den ich noch nicht recht einordnen kann. Leon ist vollkommen klar und gesund. Er hatte ein merkwürdiges Erlebnis. Er hat mir noch einmal in allen Einzelheiten erzählt, dass er vor drei Tagen an einem Ort war, den er nicht kannte. Er nennt diesen Ort *Jammertal*. Er muss sich da befinden, wo wir gestern waren. Und Sie haben es ja selbst gesehen und gehört, dass er gestern in unserer Anwesenheit wieder an diesem Ort war. Da wir diesen Ort nicht gesehen haben, kann er nur in der Psyche des Jungen existieren. Aber zu Hause sieht er diesen Ort nicht, nur dort im Wald. Das eigentlich Merkwürdige ist aber, was Sie mir hinsichtlich dieses alten Mannes erzählt haben, den die beiden Frauen, Lilly und Gretel, beschrieben haben. Dieser Mann ist identisch mit dem, den der Junge gesehen hat. Jetzt ist die Frage: Existiert dieser Mann oder nicht? Wenn nicht: Wie können dann die zwei Frauen ihn ebenso wahrgenommen haben wie der Junge?«

»Das hört sich nach einem Geist an«, sagte Schneider. »Aber ich glaube nicht an Geister. Wenngleich ...«

»Was wenngleich?«, wollte Frau Scherbarth wissen.

Schneider druckste etwas herum und fuhr dann fort: »Fräulein Höschen hat vor einiger Zeit schon mal ein Erlebnis mit einem Geist gehabt. Es handelte sich um eine junge Frau aus vergangenen Jahrhunderten. Zwei Männer hatten zwei Kinder entführt, und Fräulein Höschen hat den von den Entführern verlangten Schmuck überbracht und die Kinder gesund und munter zurück geholt. Dann rief sie bei der Polizei an, dass diese beiden Männer in die Innerstetalsperre gefahren seien. Als sie gefragt wurde, woher sie das wisse, hat sie geantwortet, ein Geist hätte dies einer Freundin berichtet. In meinem Bericht an die Staatsanwaltschaft habe ich den Geist vorsichtshalber nicht erwähnt. Aber ganz wohl ist mir bei der Sache nicht. Das alte Fräulein ist ganz bestimmt keine Spinnerin, und sie ist auch weder Spiritistin noch dement.«

Frau Scherbarth verzog das Gesicht. Nach einer Pause sagte sie schließlich: »Ich muss mich mit den beiden Damen unterhalten. Am besten jetzt gleich.«

»Gut, dann rufe ich an, und wir fahren zusammen hin.«

Lilly und Gretel waren noch in dem alten Zechenhaus im Innerstetal. Erst übermorgen würde Lilly ihre Freundin wieder nach Braunlage bringen und dann nach Lautenthal zurückkehren. Lillys Handy läutete. Es war Hauptkommissar Schneider, der seinen Besuch ankündigte. Lilly entgegnete freudestrahlend: »Ja selbstverständlich, kommen Sie nur. Gretel und ich haben Zeit.«

Gretel war damit beschäftigt, einen großen Krug ihrer berühmten Zitronenlimonade zu produzieren. Als sie hörte, dass sie gleich Besuch bekommen würden, streckte sie die Menge mit Wasser und einer halben Flasche Wodka. Es wurden ja schließlich keine Kinder erwartet. Dann war Gretel fertig und machte sich im Garten zu schaffen. Sie legte die Polster auf die Sitzmöbel, wischte den Tisch ab und gab den Topfblumen Wasser. Währenddessen ging Lilly in die Küche und probierte die Limonade. »Warum Gretel immer so geizig mit dem Schnaps ist, weiß ich auch nicht«, sagte sie zu sich selbst und goss den Rest aus der Wodkaflasche hinein.

Nach einer halben Stunde hielt das Auto des Hauptkommissars auf dem Grundstück. Die beiden Frauen hatten es sich in der Sitzecke neben dem Haus bequem gemacht, wo es schattig war. Frau Scherbarth trug ein luftiges Sommerkleid. Selbst der sonst so korrekt gekleidete Herr Schneider hatte heute eine helle Hose und ein kurzärmliges Hemd an – ohne die übliche Krawatte. Die beiden setzten sich dazu, während Gretel ein Tablett mit Gläsern, Wasser und der selbst gemachten Limonade holte. Schneider wollte nur Wasser, und den drei Damen goss Gretel reichlich von der Zitronenlimonade ein. Der Hauptkommissar fragte zuerst, ob Lilly und Gretel dem Jungen irgendetwas über den singenden Mann berichtet hatten, woraufhin Lilly das Wort ergriff: »Aber nein. Wir haben uns um das Wohlergehen von Leon gekümmert, ihn in eine Decke gehüllt und etwas zu essen und zu trinken gegeben. Er hat auch gleich mit seinen Eltern telefoniert. Insgesamt waren wir ja maximal eine Viertelstunde mit ihm allein, bevor seine Eltern kamen, und kurz danach waren Sie ja auch schon da.«

Frau Scherbarth hatte ihr Glas schon nach kurzer Zeit geleert, sodass Gretel es wieder vollgoss. »Die Limonade schmeckt ausgezeichnet«, merkte die Psychologin an. Dann bat sie darum, ihr über den seltsamen Mann zu berichten. Sie kannte die Geschichte ja nur aus zweiter Hand – von Herrn Schneider. Also berichteten sie noch einmal in aller Ausführlichkeit über die Begegnung. »Mich irritiert, dass Leon den Begriff *Jammertal* kennt. Also muss er doch dem Kerl begegnet sein.«

Prompt fing Lilly an zu singen: »*Ich ziehe durch das Jammertal, es ist die reine Höllenqual* ...«

Gretel unterbrach sie abrupt: »Wenn du nicht augenblicklich aufhörst zu singen, bekomme ich einen hysterischen Anfall.« Dabei verschluckte sich die Psychologin vor Lachen, die gerade das zweite Glas Limonade geleert hatte. Gretel schenkte ihr ungefragt nach.

»Ich denke, es sind noch weitere Gespräche mit dem Jungen nötig«, sagte Schneider zu Frau Scherbarth.

»Das denke ich auch. Kurios ist ja, dass er den Mann gesehen haben will, als wir dabei waren. Aber wir haben ihn nicht gesehen. Gut, aber das werde ich klären.«

»Ach, das ist ja interessant«, stellte Lilly fest, die nun mitbekommen hatte, worum es eigentlich ging. »Könnte der Mann, der hier war, vielleicht ein Geist sein?«

Frau Scherbarth wollte etwas sagen, war aber bereits wieder mit Trinken beschäftigt. Deshalb antwortete Schneider:

»Sie haben ja hinreichend Erfahrung mit Geistern, Fräulein Höschen. Aber ich glaube nicht daran. Wir werden schon eine reale Erklärung finden.«

»Geister sind real, lieber Herr Schneider.«

Frau Scherbarth fing jetzt an zu kichern und sagte: »Also mir ist zumute, als hätte ich Alkohol getrunken. Sie müssen nämlich wissen, ich vertrage absolut nichts.«

Gretel bemerkte ganz lapidar: »Es ist nur ein winzig kleiner Schuss Wodka in der Limonade.«

Lilly biss die Zähne zusammen, um nicht laut loszulachen. Dann bedankte sich Schneider für das Gespräch und Frau Scherbarth für die köstliche Limonade. Sie gingen zum Auto, das heißt, Schneider ging zum Auto, die Psychologin taumelte, um schließlich das Gleichgewicht zu verlieren und mit dem Kopf gegen die Autotür zu stoßen. »Au, mein Kopf. Verdammt, hoffentlich habe ich keine Gehirnerschütterung.«

Lilly konnte sich einen Kommentar dazu nicht verkneifen: »Na, so viel gibt es da wohl im Moment nicht zu erschüttern.« Gretel sah ihre Freundin streng an, aber die Dame hatte es offenbar nicht gehört.

Im Auto sagte Frau Scherbarth: »Herr Schneider, ich glaube, ich bin beschwipst. Bringen Sie mich bloß nach Hause.«

»Liebe Frau Scherbarth, ich glaube eher, Sie sind stockbesoffen.«

Das alte Buch

Nachdem Lilly ihre Freundin in Braunlage abgesetzt hatte, fuhr sie zurück nach Lautenthal. Eigentlich hatte sie gehofft, sich in ihren eigenen vier Wänden von den Ereignissen der letzten Tage zu erholen. Doch sie fand keine Ruhe. Irgendetwas hatte die Begegnung mit dem singenden alten Mann bei ihr ausgelöst, sie wusste nur noch nicht, was. Das Lied kam ihr bekannt vor, der Text ebenso. Und dann dieser arme Junge, der verschwunden war und offenbar auch eine Begegnung mit dem Kerl gehabt hatte. Konnte es möglich sein, dass nur sie, Gretel und Leon den Mann gesehen hatten? Und wo war der Junge die ganze Zeit über – mehr als vierundzwanzig Stunden? Er war so intensiv gesucht worden, man hätte ihn doch finden müssen. Er konnte ja auch nicht weit weg gewesen sein, da er spät abends vor dem Haus gesessen hatte. Konnte es sein, dass dieses Jammertal eine Art Parallelwelt war, zu der nur bestimmte Menschen Zutritt hatten? Nein, das ging jetzt zu weit. Parapsychologie war nicht ihre Sache. Sie wusste zwar, dass es Geister gab, ihre alte Freundin Regine hatte schließlich zeit ihres Lebens mit einem Kontakt. Aber als Frau mit Bodenhaftung konnte sie sich nicht derart in solche Vorstellungen hineinsteigern. Dann fiel ihr plötzlich ein, dass es in ihrer Jugend schon mal solch einen merkwürdigen Fall gegeben hatte. Und sie hatte auch mal etwas über solche Vorgänge gelesen. Es handelte sich um ein sehr altes Buch, das im 19. Jahrhundert erschienen sein musste. Sie meinte sogar, dass es in ihrem Besitz gewesen war. Aber wo konnte es sein? Vielleicht hatte sie es auch, wie so viele andere Dinge, verschenkt. Sich von Sachen zu trennen, damit hatte sie schon vor einigen Jahren angefangen. Wenn ihre Zeit einmal kommen würde, wollte sie nicht als Messi dastehen. Mitnehmen konnte sie dann ohnehin nichts. Und ihrem Großneffen Amadeus als einzigem Erben käme das sicher auch entgegen. Dann fiel ihr ein, dass sie mal eine Reihe von alten Büchern, die sich mit dem Harz beschäftigten und ihr zu schade zum Weggeben waren, archiviert hatte. In einer Truhe. Sie sah diese alte Holztruhe, die noch von ihrem Onkel Paul stammte, förmlich vor sich. Wo war das Ding nur abgeblieben? Wahrscheinlich war sie auf dem Dachboden. Aber da konnte sie unmöglich allein raufklettern. Morgen würde Britta, ihre Zugehfrau, kommen. Die konnte danach schauen.

Lilly war schon ganz aufgeregt, als Britta gegen zehn Uhr kam. Diese machte sich auch gleich auf die Suche. Es dauerte keine zehn Minuten, da hatte sie die Kiste auf dem Dachboden gefunden. Da Lilly nicht wusste, wie das Buch hieß, packte Britta alle Bücher in mehrere Tragetaschen, um sie hinunter ins Wohnzimmer zu bringen. Dort breitete Lilly alles auf dem großen Esstisch aus. Es musste bestimmt vierzig Jahre oder länger her sein, dass sie diese Bände zum letzten Mal gesehen hatte. Aber sie konnte sich an fast alle erinnern. Die meisten Exemplare stammten noch aus dem Besitz ihres Onkels, der starb, als Lilly eine junge Frau gewesen war. Und da lag das Corpus Delicti: ein kleines Büchlein, eher unscheinbar, schwarze Schrift auf gelblichem Einband: *Franz Conrad Evertz – Die Verschwundenen auf dem Harze*. Lilly schlug die erste Seite auf. Es roch stark nach altem Papier, war aber dank der Lagerung in der Kiste nicht verstaubt. Dort war zu lesen, dass der Autor das Buch im Selbstverlag herausgebracht hatte, was sicherlich bedeutete, dass es nur eine sehr geringe Verbreitung gehabt haben dürfte. Im Vorwort war zu lesen:

Dieses Buch ist eine Warnung vor dem Bösen, das sich, soweit nachvollziehbar, seit Hunderten von Jahren im Harzgebirge breitgemacht hat. Es berichtet über Menschen, die verschwunden und verloren sind. Ihre Körper sind nicht auffindbar. Ihre Seelen sind gefangen im Jammertal und werden das Licht nicht erreichen, solange der Beelzebub über diese Erde wandelt. Der Autor dieses Buches hat in seinen Recherchen einige Opfer gefunden und deren Schicksal beschrieben. Es dürften aber viel mehr sein, die auf diese Weise um Leib und Seele gebracht worden sind. Wenn es einen Schutz vor diesem grausigen Schicksal gibt, dann ist es der aufrechte Gang durch das Leben. Der Teufel kann sich nur solcher Seelen bemächtigen, die schwach sind und damit anfällig für das Böse.

Clausthal im Harz,
August 1868

»Ach du meine Güte!«, stöhnte Lilly. »Ein religiöser Eiferer, um nicht zu sagen: ein Spinner.« Dann blätterte sie weiter und fand darin zwölf Geschichten von Menschen, die immer mit ihrem Verschwinden endeten. Die erste Geschichte stammte aus dem 17. Jahrhundert und die letzte aus dem Jahr 1867. Sie würde das Buch am Nachmittag genau lesen. Vielleicht fand sich ja irgendwo ein Hinweis auf diesen vom Jammertal singenden Mann. »Was hat es eigentlich mit diesem verdammten Jammertal auf sich?«, fragte Lilly sich lautstark. Britta, die gerade hereinkam und das gehört hatte, sagte: »Ich glaube, diesen Begriff habe ich mal in einem alten Kirchenlied gehört.«

»Da haben Sie recht. In dem Lied *Heiland, reiß die Himmel auf* ist vom Jammertal die Rede. Auch in der Oper *Der Freischütz* gibt es eine Arie: *Hier im ird´schen Jammertal.*«

Den Nachmittag verbrachte Lilly damit, das Buch zu lesen. Es waren haarsträubende Geschichten. Eine Frau, Mutter von fünf Kindern, kam im Herbst des Jahres 1789 nicht vom Pilzsammeln aus dem Wald zurück. Ihren Korb fand man dort, wo sie vorzugsweise hinging, nämlich zwischen Lautenthal und Hahnenklee. In Wolfshagen war ein Mann beim Holzfällen von einem Baum eingeklemmt. Sein Kamerad schaffte es nicht, ihn zu befreien und holte Hilfe. Als dieser mit zwei weiteren Männern an die Stelle kam, war der Verletzte weg und tauchte nie wieder auf. Der letzte Fall, der beschrieben wurde, ereignete sich im Jahre 1867. Ein junger Mann, der von Clausthal zur Arbeit nach Grund ging, kam dort nie an. Er war zuletzt in der Nähe von Silbernaal gesehen worden. Man startete eine Suchaktion – vergebens. Wochen danach traf ein Arbeitskollege ihn im Wald und redete auf ihn ein, er müsse unbedingt nach Hause gehen. Aber er sagte, das könne er nicht. Er habe es versucht, sei aber im Jammertal gefangen. Da war es wieder: das Jammertal. Lilly war zutiefst beunruhigt nach der Lektüre. Wenn nur ein einziger dieser Fälle etwas zu tun hatte mit diesem singenden alten Kauz und mit Leon, dann war sie etwas Mysteriösem, Unerklärlichem auf der Spur. Jährlich verschwanden viele Tausend Menschen in Deutschland. Achtzig Prozent der Fälle wurden innerhalb einiger Wochen und Monate aufgeklärt. Es gab Ausreißer, durch ein Elternteil entzogene und entführte Kinder, es gab Unglücksfälle und Verbrechen und Leute, die einfach aus ihrem Leben ausbrechen wollen. Aber war es nicht auch möglich, dass es darunter einige gab, die in einer mysteriösen Welt landeten? Sie war sich unsicher, ob das eine Sache für die Polizei war. Wahrscheinlich würde der gute Hauptkommissar Schneider sie, gelinde gesagt, für seltsam halten. Ob vielleicht die Psychologin eine Erklärung hatte, diese alte Limonadenfreundin? Egal, auch wenn sie sich lächerlich machte, sie griff zum Telefon und rief Schneider an.

»Fräulein Höschen, ich grüße Sie. Ist Ihnen noch etwas eingefallen, was uns weiterhelfen könnte?«

»Nichts Konkretes, lieber Herr Schneider. Aber ich habe gerade in einem alten Buch über ähnliche Fälle gelesen. Das Buch heißt: *Die Verschwundenen auf dem Harze.* Und was mich ebenso verwundert wie ängstigt, ist der Begriff Jammertal, der hier genannt wird. Ein Verschwundener, der zwischendurch mal wieder auftaucht, sagt, dass er im Jammertal gefangen sei.«

»Das ist kurios. Allerdings bin ich mir nicht sicher, dass das eine Sache für die Polizei ist. Offenbar geht es hier in Richtung Esoterik. Wie alt ist denn das Buch?«

»Hundertfünfzig Jahre.«

»Oh, ich glaube nicht, dass wir da noch etwas machen können.«

»So schlau bin ich auch, Herr Schneider. Aber vielleicht können Sie Parallelen zu dem aktuellen Fall um Leon erkennen.«

»Gut, Fräulein Höschen, ich komme zu Ihnen, Sie zeigen mir das Buch, und dann sehen wir weiter. Eigentlich ist der Fall Leon ja abgeschlossen. Der Junge ist wieder da, und ich kann nicht erkennen, dass es sich da um eine Straftat handelt. Vielleicht kann ja Frau Scherbarth mitkommen. Wer weiß, vielleicht fällt uns gemeinsam etwas ein.«

»Darauf hatte ich gehofft«, sagte Lilly.

»Gut, ich frage sie, ob sie morgen Vormittag Zeit hat. Dann kommen wir vorbei.«

Schneider hatte momentan absolut keine Lust, am Schreibtisch zu sitzen. Es gab zurzeit keine prekären Fälle, und in Sachen Leon gab es nichts mehr zu ermitteln, da ganz offensichtlich kein Straftatbestand vorlag. Der Fall war zwar merkwürdig, aber daran konnte er nichts ändern. Ein letzter Besuch bei dem alten Fräulein und damit würde er den Fall abschließen. Wenn das Wetter morgen noch genauso schön war wie heute, würden sie bestimmt in dem herrlichen Garten von Fräulein Höschen sitzen, von dem aus man einen grandiosen Blick auf die Berge von Lautenthal hatte. Das war wesentlich angenehmer, als in seinem muffigen Büro irgendwelche Akten zu wälzen.

Kaum hatte Lilly das Gespräch beendet, läutete das Telefon. Es war Gretel, die fragte, ob sie für ein paar Tage kommen könne.

»Aber natürlich. Du weißt doch, dass du immer willkommen bist.« Ihre Tochter war gerade da und würde sie in etwa einer Stunde vorbeibringen. Sie selbst hatte nie Autofahren gelernt. Sie verabredeten, dass sie sich am Springbrunnen im Marktgarten treffen würden. Anschließend könne man noch etwas essen gehen.

Lilly genoss es, am Springbrunnen zu sitzen. Nachdem sie ein paar Minuten dort verbracht hatte, kam auch schon Gretel mit ihrer Tochter angefahren. Sie luden Gretels Reisetasche in Lillys Auto, verabschiedeten sich von der Tochter und gingen rüber zur Grünen Tanne, wo gerade ein Tisch vor dem Lokal frei geworden war. Wirtin Heidi, die Lilly schon seit über fünfzig Jahren kannte, kam heraus, um die Damen zu begrüßen. Sie bestellten etwas zu essen und eine große Flasche Mineralwasser. Als die Wirtin gegangen war, nahmen Lilly und Gretel in der Ferne einen grässlichen Gesang wahr: *Ich ziehe durch das Jammertal. Es ist die reine Höllenqual.*

»Hörst du, was ich höre, Gretel? Oder bilde ich mir das ein?«

»Wenn du dir sonst auch so manches einbildest, aber hier liegst du richtig. Das ist doch wieder dieser bekloppte Kerl mit Hut.«

Gretel hatte es kaum ausgesprochen, als der Gesang lauter wurde. Aus der Straße unter ihnen kam dieser Mensch singend zum Vorschein. *Wir müssen im Jammertal leben, unsere Sünden werden nie vergeben. Der Teufel holt sich seine Brut in die ewige Feuerglut.* Es dauerte nicht lange, bis der Mann an ihrem Tisch angelangt war und sich setzte. Von den Gästen an den drei anderen Tischen wurde er nicht beachtet. Dann sagte er zu den beiden Frauen: »Habt ihr ein Glas Wasser für einen armen Wanderer?«

Gretel antwortete: »Da drüben ist ein ganzer Brunnen voller Wasser«, und deutete auf den Springbrunnen. In diesem Moment kam die Wirtin und stellte eine Flasche Wasser und zwei Gläser auf den Tisch.

»Heidi, kannst du uns vielleicht noch ein Glas bringen?«

»Natürlich, ihr erwartet sicherlich noch wen.«

Gretel und Lilly sahen sich an. Konnte es sein, dass sie diesen alten Mann mit seinem speckig glänzenden Hut nicht sah? Eine halbe Minute später brachte Heidi das dritte Glas und schenkte in zweien davon ein. Als sie gegangen war, goss Gretel das dritte Glas voll. Der Mann trank es in einem Zug leer.

Nun fragte Lilly den Typen: »Sagen Sie, wer sind Sie eigentlich? Was tun Sie hier?«

»Früher nannte man mich Franz, den Steiger. Aber das tut nichts zur Sache. Es ist lange her. Und was ich hier mache? Ich *singe* tagein tagaus, was ich mache.« Dann fing er an zu singen: *Ich gehe durch das Jammertal...* Dabei stand er auf und verließ langsam trottend den Platz Richtung Kirche. Niemand außer Lilly und Gretel schien ihn zu hören oder zu sehen.

»Das ist ja unheimlich«, sagte Gretel und nahm einen Schluck aus ihrem Glas.

Am Abend grübelten die beiden Freundinnen lange nach, was es mit dieser merkwürdigen Begegnung auf sich haben konnte. Schließlich nahm Lilly noch einmal das Buch zur Hand und stöberte darin herum. Und sie fand, was sie gesucht hatte: Im Sommer des Jahres 1855 fuhr der Steiger Franz Schulze aus Lautenthal in einen Schacht des Frankenscharrnstollens ein und wurde nie wieder gesehen. Alle Suchmaßnahmen waren vergebens.

»Das ist unser Mann!«, rief Lilly in die Stille des Wohnzimmers.

»Mein Gott, Lilly, hast du mich erschrocken«, war Gretels Reaktion. »Willst du mir sagen, dass dieser bekloppte Typ seit hundertfünfzig Jahren in der Gegend herumläuft und vom Jammertal singt?«

»Genau das, meine Liebe.«

»Das ist doch bescheuert.« Aber so ganz von der Hand zu weisen war es auch für die sehr real denkende Gretel nicht. Nach einer Weile sagte sie: »Ich frag mich allerdings, warum dieser Franz so einen komischen Hut aufhat. Der passt doch gar nicht zu ihm. Eigentlich müsste er einen Steigerhut tragen, so eine historische Kopfbedeckung mit Schlegel und Eisen.«

»Wenn wir ihm das nächste Mal begegnen, sollten wir ihn das fragen«, gab Lilly schmunzelnd zurück.

Am nächsten Vormittag klingelte es an der Tür. Lilly rechnete mit Kommissar Schneider und Frau Scherbarth, obwohl sie erst in einer Stunde kommen wollten. Aber es war Amadeus, Lillys Großneffe und einziger Verwandter, der in Goslar wohnte. Amadeus war Ende dreißig, studierter Jurist und Inhaber eines bedeutsamen Unternehmens, das sich weltweit um die Vermarktung von Bergbaulizenzen kümmerte. Er hatte einst für diese Firma Verträge erarbeitet und war dann ganz eingestiegen. Als die beiden Inhaber eines gewaltsamen Todes starben, hatte er deren Anteile geerbt und war plötzlich reich. Er hatte eine reizende Frau und zwei kleine Kinder. Und er war der größte Tollpatsch, dem Lilly je in ihrem Leben begegnet war. Es war ihm schon gelungen, innerhalb einer Viertelstunde zweimal nackt vom Dach auf die Terrasse eines Restaurants zu fallen. Wenn er mit dem Stuhl schaukelte, kippte er nicht einfach um, sondern er riss dann gleich noch das Tischtuch mit allem, was darauf stand, herunter. Stellte jemand eine Torte auf einem Stuhl ab, konnte man darauf wetten, dass er sich darauf setzte. Er hatte in einem Restaurant auch schon mal den Rock einer wildfremden Frau in seinem Hosenschlitz verheddert, sodass der Ober beide auseinander schneiden musste. Für Gretel war er eine auf zwei Beinen wandelnde Katastrophe, nachdem er einen riesigen Topf Erdbeerbowle auf ihren Teppich befördert hatte. Nun kam Amadeus quietschvergnügt ins Wohnzimmer, begrüßte seine Großtante mit einem Kuss und Gretel mit einem freundlichen Handschlag.

»Nun, mein kleiner Juristengroßneffe, was führt dich an einem normalen Wochentag in unser kleines Städtchen?«

»Ich komme gerade vom Landesbergamt in Clausthal und wollte doch mal schauen, ob bei dir alles in Ordnung ist.«

»Das ist lieb von dir. Also, bis jetzt ist alles okay. Wollen wir doch mal abwarten, ob sich daran durch deine Anwesenheit etwas ändert.«

»Tante Lilly, es ist deine Liebenswürdigkeit, die mich immer wieder hierher treibt. Und solange du so schlagfertig bist, ist wirklich alles prima.«

»Ich erwarte gleich noch Kommissar Schneider und eine Psychologin namens Scherbarth.«

»Tante Lilly, bitte nicht schon wieder. Deine kriminalistischen Eskapaden sind nicht zum Aushalten. Worin bist du denn nun schon wieder verwickelt?«

Lilly und Gretel erzählten ihm die Sache mit dem verschwundenen Jungen und diesem seltsamen Mann. Dann kamen Schneider und die Psychologin vorgefahren. Amadeus kannte Herrn Schneider von diversen kriminellen Verstrickungen her. Unter anderem hatte der Hauptkommissar den Mörder seiner Mutter dingfest gemacht. Und aufgrund des ambitionierten kriminalistischen Spürsinns seiner Großtante kamen sie immer mal wieder in Kontakt. Die beiden Männer mochten sich. Nachdem alle am großen Esstisch Platz genommen hatten, bot Gretel etwas zu trinken an. Alle entschieden sich für Kaffee, nur Frau Scherbarth bat um ein Glas Wasser und fügte hinzu: »Bloß keine Limonade«, woraufhin Lilly entgegnete: »Ich schätze, Sie haben eine Zitronenallergie, liebe Frau Scherbarth. Das ist mir neulich schon in Clausthal aufgefallen, als Sie eine Kollision mit dem Auto hatten.«

Schneider konnte es sich nicht verkneifen, zu sagen: »Ich glaube eher, sie hat eine Alkoholallergie.«

»Aber Herr Schneider, von diesem winzigen Schlückchen Wodka in der Limonade wird man doch nicht betrunken.« Dabei beließen sie es und Lilly erzählte von dem Buch, das sie gefunden hatte. »Ja, und gestern sind wir diesem Mann, der im Jahre 1855 verschwunden ist, wieder begegnet. Wir saßen vor dem Hotel Grüne Tanne, als dieser Steiger Franz singend zu uns kam. Er setzte sich an unseren Tisch und bat um ein Glas Wasser. Und weder Heidi, die Wirtin, noch die anderen Gäste haben ihn gesehen oder gehört. Nur Gretel und ich.«

Schneider fragte: »Woher kennen Sie seinen Namen?«

»Wir haben ihn gefragt und er hat ihn uns genannt. Und in besagtem Buch, das hier auf dem Tisch liegt, steht auch etwas von diesem Franz Schulze, der 1855 im Frankenscharrnstollen verschwunden ist. Es handelt sich eindeutig um diesen Mann.«

Nun konnte Frau Scherbarth nicht mehr an sich halten: »Wollen Sie mir sagen, dass es sich hier um einen Geist handelt? Ich wusste gar nicht, dass Geister Wasser trinken. Hätten Sie ihm doch mal etwas von Ihrer tollen Limonade gegeben ...«

»Frau Scherbarth«, sagte Lilly und verfiel dabei in den rechthaberischen Tonfall der alten Studienrätin, der von vielen Leuten in der Region gefürchtet war, »das ist nicht komisch. Es geht hier um Menschen, die verschwinden, um schlimme Schicksale. Offenbar hatte Leon einen Schutzengel, der ihn vor dem endgültigen Verschwinden bewahrt hat.«

»Also, Fräulein Höschen, ich kenne mich nicht aus mit Esoterik und Parapsychologie. Auch nicht mit Geistern, es sei denn, mit denen in unserer Fantasie.«

»Wollen Sie etwa behaupten, dass wir beiden alten Schachteln spinnen und uns das alles ausdenken?«

»Nein, auf keinen Fall. Sie können nichts für Ihre Gedanken. Ich habe nur von solchen Dingen keine Ahnung.«

»Ja«, sagte Lilly, »aber davon offenbar eine ganze Menge.«

Jetzt musste auch noch Amadeus seinen Senf dazugeben: »Haltet ihr es nicht selbst für bedenklich, dass ihr euch mit einem Geist unterhaltet, und niemand in eurer Umgebung bekommt irgendetwas von seiner Existenz mit?«

Lilly sah ihren Großneffen an wie ein Mitglied der Inquisition. Schneider versuchte, aufzulockern: »Es ist gut, dass Sie uns darüber informiert haben, meine Damen. Allerdings ist der Fall Leon jetzt abgeschlossen, nachdem wir keine Straftat feststellen konnten. Ich wüsste auch nicht, wie man Geister vor Gericht stellen sollte. Es verschwinden ständig Menschen. Die meisten tauchen wieder auf, so wie Leon. Einige bleiben verschwunden und wurden sicherlich Opfer von Verbrechen. Wieder andere setzen sich ab und wollen mit ihrem alten Leben nichts mehr zu tun haben. Was es mit diesem Mann, den Sie gesehen haben, auf sich hat, kann ich Ihnen nicht beantworten. Ich empfehle Ihnen, in nächster Zeit ein Aufnahmegerät bei sich zu haben. Und wenn Sie den Typen wieder singen hören oder er mit Ihnen spricht, dann wäre es doch interessant, ob sich seine Stimme aufnehmen lässt.«

»Und wenn sich die Stimme nicht aufzeichnen lässt, ist das ein Zeichen dafür, dass wir plemplem sind«, antwortete Lilly.

Jetzt musste Amadeus laut loslachen und handelte sich damit die verständnislosen Blicke von Gretel und Lilly ein. Dann verabschiedeten sich Schneider und die Psychologin. Auch Amadeus wollte sich auf den Weg machen. Lilly und Gretel begleiteten ihre Gäste noch bis in den Vorgarten. Da fiel Amadeus noch spontan etwas ein, was er seiner Großtante sagen wollte. Er drehte sich abrupt um und wurde dabei von Frau Scherbarth, die nicht mit seiner plötzlichen Aktivität gerechnet hatte, umgelaufen, besser gesagt: umgewälzt. Er verlor das Gleichgewicht und landete im Rosenbeet und die Psychologin auf ihm. Von unten wurde er gepikst, von oben gequetscht. Es war nicht auszumachen, wer von beiden den größeren Schreck bekommen hatte. Nachdem Schneider beiden wieder auf die Beine geholfen und sich erkundigt hatte, ob jemand zu Schaden gekommen war, was einhellig verneint wurde, entschuldigten sich Amadeus und Frau Scherbarth gegenseitig.

Lilly sagte ganz gelassen: »Und ich habe mich schon gefragt, warum heute noch gar nichts passiert ist. Schließlich warst du über eine Stunde da, ohne dass es den geringsten Vorfall gab.«

Sauschlägers Paradies

Die Sauschlägers waren ein Kapitel für sich. Leute wie sie konnte man in früheren Zeiten öfters im Oberharz antreffen. Mittlerweile war dieser Menschenschlag fast ausgestorben. So einsam, wie die Familie am äußersten Rand von Clausthal-Zellerfeld lebte, führten sie ein nahezu fossiles Dasein. Hannes, stolzer Vater von sechs Kindern, hatte in seinem Leben so gut wie nie gearbeitet. Er hatte zwar nur die achte Klasse der Sonderschule absolviert, war aber der Meinung, dass er zu Höherem berufen sei, als irgendwelchen schlecht bezahlten Hilfstätigkeiten nachzugehen. Als er darauf wartete, angemessene Stellenangebote zu bekommen, die seinen Fähigkeiten entsprachen, schneite plötzlich ein Brief ins Haus, dem er mühselig entnehmen konnte, dass er einen Onkel, den er gar nicht gekannt hatte, beerben sollte. Der hatte es versäumt, ein Testament zu machen und seine Lebensgefährtin als Erbin einzusetzen. Folglich wurde Hannes Eigentümer von zwei gut gehenden Restaurants, einschließlich der dazugehörigen Immobilien und eines gewissen Barvermögens. Aufgrund seiner hohen Intelligenz kam er auf die Idee, die beiden Restaurants nicht zu veräußern, sondern einen Geschäftsführer einzusetzen, der für die Familie jeden Monat einen Betrag zu erwirtschaften hatte, von dem man einigermaßen leben konnte. Das Barvermögen hingegen war innerhalb kürzester Zeit verbraucht. Er kaufte ein großes verwahrlostes Grundstück, auf dem sich einige baufällige Behausungen befanden, die er instandsetzen ließ, um sie als Wohnstätte für die Familie zu nutzen. Jedes Familienmitglied durfte sich entsprechend des ausgebrochenen Wohlstands einrichten, und es wurde ein teures Auto angeschafft, das groß genug für die ganze Familie war. Auch zwei edle Hunde und eine Rassekatze gehörten bald zum Inventar. Als das Geld nach kurzer Zeit restlos ausgegeben war, schneite eine Mahnung des Finanzamts ins Haus, dem zufolge Hannes siebzigtausend Euro Steuerschulden zu zahlen hatte. Kurze Zeit später erschienen zudem zwei gut gekleidete Herren auf seinem Grundstück und verlangten, dass er für seine Restaurants allerlei überteuerten Schnickschnack zu kaufen habe. Gemeinsam mit seinen Kindern und seiner resoluten Ehefrau Rita vertrieb er diese Leute mit Waffengewalt, bewarf ihre Luxuskarosse mit Steinen, verbrannte ihre teuren Anzüge und ließ sie nackt und bloß nach Hause fahren. Sein Anwalt Amadeus Besserdich, der Großneffe von Lilly, riet ihm, sich an die Polizei zu wenden, da es sich hier eindeutig um die Mafia handelte. Aber Amadeus' Ratschläge waren allesamt vergebene Liebesmüh. Mit solch einem Gesocks, wie Hannes sich auszudrücken pflegte, würde er schon allein fertig werden. Ob dieses sonderbaren Verhaltens seinen Mitarbeitern gegenüber tauchte dann eines Tages eine Art Obermafioso auf. Der Typ war so angetan von dem Grundstück und der Naivität der Sauschlägers, dass er ihnen ein großzügiges Angebot unterbreitete. Wenn sie bereit wären, auf ihrem Anwesen das eine oder andere größere Paket verschwinden zu lassen, würde er ihnen bei den siebzigtausend Euro behilflich sein und außerdem für jedes Loch, dass sie mit einem Minibagger ausheben und wieder zuschütten mussten, großzügig entlohnen. Solch ein Angebot ließ sich die Familie natürlich nicht entgehen. Was sie da eigentlich immer verbuddelten, interessierte Rita und Hannes Sauschläger nicht. Hauptsache, sie waren ihre Geldsorgen los. Dass sie mit dieser Tätigkeit den Schlusspunkt in einem Netzwerk von Auftragsmorden setzten, wussten sie nicht. Was sollte man sich unnötig den Kopf zerbrechen über Dinge, von denen man sowieso nichts verstand? Aufgrund unüberbrückbarer Differenzen innerhalb der »Organisation« fand die lukrative Zusammenarbeit dann ein Ende. Den Rest erledigte die Polizei, die jedoch nicht darauf kam, was sich auf dem Grundstück der Familie Sauschläger befand. Die vorerst letzte Leiche in dem weitläufigen Garten hatte allerdings Lilly Höschen angeliefert, der es zu kompliziert gewesen war, der Polizei die genauen Umstände über das Hinscheiden eines mexikanischen Auftragsmörders zu erklären. Lilly hatte Rita mit einem selbst gebackenen Apfelkuchen für ihre Mühe entschädigt.

Natürlich betrachtete Hannes Sauschläger sich als Familienoberhaupt. Er war sich allerdings bewusst, dass ohne Ritas Zustimmung nichts lief. Dabei hatte diese längst einen Weg gefunden, das aufbrausende Temperament ihres Mannes zu zügeln. Wenn sie etwas entschieden hatte, stellte sie es so hin, als hätte Hannes die Entscheidung getroffen. Wenn das einmal nicht funktionierte, setzte sie sich trotzdem durch. Beide hatten gemeinsam, dass sie aufgrund ihrer frech-dreisten Art keine Freunde hatten. Bei Rita ging das so weit, dass sie schon etliche Strafbefehle wegen Beleidigung kassiert hatte. Wenn ihr jemand dumm kam, musste sie einfach entsprechend reagieren. Das Finanzamt und dessen Mitarbeiter hatte sie schon mal als Arschlöcher bezeichnet und den für sie zuständigen Beamten als albernen Hund. Eine weitere Gemeinsamkeit beim Ehepaar Sauschläger war ihre Oberharzer Sprache. Im Gegensatz zu den meisten Bewohnern der Gegend hatten sie nie Hochdeutsch gelernt. Ob man sie verstand oder nicht, war ihnen egal. In einer Gerichtsverhandlung, wo sie als Zeugen aussagen mussten, hatte der Staatsanwalt nach einem Dolmetscher verlangt, den es allerdings nicht gab.

Einer der ganz wenigen Menschen, der die Sauschlägers mochte, war Lilly Höschen. Sie hatte das Ehepaar gerade wegen ihrer Skurrilität und Offenheit ins Herz geschlossen. Hannes war siebenundvierzig Jahre alt, Rita zwei Jahre jünger. Die drei ältesten Kinder waren bereits aus dem Haus, und ein völlig aus der Art geschlagener Sohn, den die Natur mit besonderer Intelligenz gesegnet hatte, besuchte ein Elite-Internat in Süddeutschland. Die beiden jüngsten Kinder, Tim und Yvonne, zwölf und zehn Jahre alt, waren noch in elterlicher Obhut.

Hannes machte sich seit einiger Zeit Sorgen um seine Frau. Da er um die zupackende, pragmatische Art von Lilly Höschen wusste, stattete er ihr heute einen Besuch ab. Wenn jemand Rat wusste, dann Lilly. Sie war es gewesen, die Rita einst dazu geraten hatte, aus dem verwahrlosten Grundstück ein kleines Paradies zu machen, und sie mit Rat und Tat bei der Bepflanzung unterstützt. Als alles fertig war, nannte sie das Anwesen *Sauschlägers Paradies*. Hannes wusste, dass man mit Lilly Pferde stehlen konnte. Daher hatte er große Hoffnung, dass sie imstande war, ihm zu helfen. In ihrem Wohnzimmer schüttete er schließlich sein Herz aus: »Es Rita, dis alberne Ballich, jammert nur noch rum. Es kricht´n Marsch net mehr hoch und verzehlt in äner Tour örgnd sun Scheiß von Himmel und Höll.«

»Das musst du mir schon genauer erklären, Hannes.«

»Kann ich net. Denn hörs dar selber an. Die hat net mehr alle Latten am Zaun. Ich wollt se all nachn Pyschologen bringe, aber denn hat se mar gedroht, lieber wörd se sich umbringe.«

»Das ist wirklich ungewöhnlich für Rita. Ich glaube, ich komme übermorgen mal bei euch vorbei und rede mit ihr. Morgen kann ich leider nicht.«

»Ach, Lilly, wenn de das machn könndest ...«

»Natürlich mache ich das.«

Am nächsten Tag kam der völlig ausgelaugte Sohn Kevin nach Hause. Der Sechzehnjährige hatte die ersten drei Ferienwochen in einer Jugendfreizeit in Frankreich verbracht. Nun wollte er drei weitere Wochen bei der Familie zubringen, um sich von den Urlaubsstrapazen zu erholen, bevor er zurück in sein süddeutsches Internat fuhr. Noch nie hatte Rita sich über einen Berg Dreckwäsche so gefreut, den ihr Sohn ihr hinkippte. Es wirkte geradezu wie ein Stimmungsaufheller. Endlich konnte sie ihren Jungen wieder in die Arme schließen und es kam mehr Leben in die Bude. In den letzten Tagen hatte sie zu viel gegrübelt. Nachdem die Familie auf der Terrasse zu Mittag gegessen hatte, holperte durch die Schlaglöcher des Hofes ein klappriger BMW aus den Achtzigern heran. Sie kannten dieses Auto, obwohl es gut und gern zehn Jahre her war, dass sie es zuletzt gesehen hatten.

Hannes sprang auf und brüllte: »Ach, du Scheiße! Dar Münchhausen kimmt, diser alberne Hornochs. Was will der alde Krepel denn hier?«

Es handelte sich um seinen Cousin Richard aus Buxtehude. Seine Mutter war eine Schwester von Hannes' Vater, die als junge Frau einen Mann aus Hamburg kennengelernt hatte und dort hingezogen war. Man sah diesen Zweig der Verwandtschaft nur alle Jubeljahre mal. Richard hatte den Spitznamen Münchhausen, weil er ständig irgendwelche abstrusen Sachen erzählte. Aufgrund der Ernsthaftigkeit, mit der er seine Geschichten vortrug, konnte man nicht sagen, was gelogen war und was der Wahrheit entsprach. Richard war ein eher zurückhaltender Mensch, der langsam und bedächtig Hochdeutsch mit plattdeutschem Akzent sprach. Bei seinen Bewegungen hatte man den Eindruck, dass bei ihm alles in Zeitlupe ablief. Ganz gemächlich erklomm er die Stufen, die zur Terrasse führten.

Hannes war aufgestanden und brüllte: »Mensch, Richard, aldes Scheißhaus! Was machst du denn hier? Ich dachte all, du lebst gar net mehr.«

»Doch, wie du siehst.«

Hannes schüttelte seinem Cousin so kräftig die Hand, dass der schon dachte, er würde sie ihm abreißen. Dann begrüßte er Rita mit einem Küsschen und reichte Kevin und den beiden Kleinen die Hand. Diese konnten sich an den komischen Verwandten gar nicht mehr erinnern. Als er sich gesetzt hatte, wurde er ungefragt mit Bier versorgt.

»Schön habt ihr es hier. Respekt, ihr habt wirklich was aus diesem Anwesen gemacht. Früher hatte man hier den Eindruck, in einem Slum von Kalkutta zu sein.« Dann wurde er genötigt, zu erzählen: »Tja, was soll ich sagen? Die Kinder sind aus dem Haus. Meine Frau ist auch aus dem Haus. Sie ist mit einem Mann nach Südamerika durchgebrannt und verjubelt das Geld, um das er andere Leute betrogen hat. Und da im Moment gerade Parlamentspause ist, dachte ich mir, ich fahre mal wieder in den schönen Harz.«

»Wasn fürn Ballament?«, wollte Rita wissen.

»Ich arbeite im Hamburger Senat. Und die Herrschaften machen zurzeit Urlaub.«

»Und was machste da in dism Senat-Dings?«

»Ich versorge den Ersten Bürgermeister und die Senatoren mit Informationen.«

Jetzt funkte Hannes dazwischen: »Er schleppt Akten und verteilt de Post.«

»So würde ich das nicht ausdrücken. Es handelt sich um eine absolute Vertrauensposition. Wenn der Bürgermeister einem Senator eine streng vertrauliche Information zukommen lassen will, besteht er darauf, dass ich das mache.«

»Is klar«, meinte Hannes, »ohne dich wörde ganz Hamborch zusamme brachen.«

»Das wäre übertrieben. Aber es ist schon was dran. Der Bürgermeister hat mich nicht umsonst nach Kopenhagen mitgenommen. Die persönlichen Botschaften an die Königin durfte nur ich überbringen.«

»Ich schmeiß mich hintern Zuch.« Hannes lachte wie verrückt und haute auf den Tisch.

Richard erzählte ungerührt weiter: »Es hat natürlich auch seine Nachteile, in solch einer Vertrauensstellung zu sein. Die Geheimdienste sind hoch interessiert an meinem Wissen. Vieles wird ja aus Sicherheitsgründen gar nicht schriftlich überbracht. Die wirklich kniffligen Sachen muss ich mündlich weitergeben. Natürlich hat man schon versucht, mich zu bestechen. Aber bevor ich mich der Spionage schuldig mache, lass ich mich lieber braten.«

Jetzt musste auch Kevin lachen. Obwohl er todmüde und erschöpft war, mochte er auf dieses Schauspiel nicht verzichten. Rita brachte den Verwandten in einem der beiden Gästehäuser unter, die sowieso die meiste Zeit leer standen. Nachdem er sich eingerichtet hatte, machte er zusammen mit Hannes einen Spaziergang um die nahe gelegenen Pfauenteiche, während Kevin sich hinlegte, um etwas von dem fehlenden Schlaf der vergangenen Wochen nachzuholen.

Rita dämmerte derweil auf der Terrasse vor sich hin, als ein schwarzer BMW neuerer Bauart sich durch die Schlaglöcher tastete. Ihm entstiegen zwei in Schwarz gekleidete Männer, die sich interessiert umschauten, wo sie hier gelandet waren. Für Rita war es wie ein Déjà-vu. Vor Jahren kamen schon mal zwei Männer in solch einem teuren Schlitten auf ihr

Grundstück gefahren. Die sahen genauso aus und entpuppten sich dann als Mitglieder der Russenmafia. Es war ihnen damals gelungen, sie mit Gewalt vom Hof zu treiben. Und als sie sich erdreistet hatten, wiederzukommen, hatte Hannes mithilfe seiner Kinder die Garderobe der Herren in Flammen aufgehen lassen, sodass diese nackt nach Hause fahren mussten. Danach war ein sehr netter Kerl von diesem Verein bei ihnen aufgekreuzt und hatte ihnen ein lukratives Angebot gemacht, zu dem sie nicht Nein sagen konnten. Es hatte sich eine lohnende Zusammenarbeit entwickelt, die dann abrupt abbrach. Sie hatten nie erfahren, was da eigentlich vor sich gegangen war und wollten es auch gar nicht wissen. Was sie da im Auftrag dieser Leute auf ihrem Grundstück vergraben hatte, darüber wollte sie nicht nachdenken. Ihr Verdrängungsmechanismus hatte ebenso gut funktioniert wie der ihres Mannes. Aber nun, da die beiden Typen langsam zu ihr in Richtung Terrasse kamen, beschlich sie ein ungutes Gefühl.

Lilly fährt ins Paradies

Am nächsten Nachmittag kam Lilly auf das Sauschlägersche Grundstück gefahren. Sie hatte einen Abstecher zum Bäcker gemacht, um ihren geliebten Flottkuchen zu kaufen. Das sommerliche Wetter hatte gehalten, sodass sich alle zum Kaffeetrinken auf die Terrasse setzten. Die beiden jüngsten Kinder, Tim und Yvonne, hatten nur kurz Lilly begrüßt und sich mit Kuchen versorgt, um dann im Wald zu verschwinden. Natürlich war

Lilly an dem Verwandten aus Buxtehude interessiert, den sie noch nie gesehen hatte. Sie brauchte ihn gar nicht auszufragen, der Mann erzählte wie ein langsam dahin plätschernder Bach in seiner bedächtigen norddeutschen Sprache. Nachdem er über die familiären Hintergründe und seine Bedeutung im Senat der Hansestadt informiert hatte, sagte er: »Das ist hier wirklich ein Kleinod. So zu wohnen, quasi ohne Nachbarn, das ist schon etwas Besonderes. Am Arsch der Welt zwar, aber einfach wunderschön in die zauberhafte Landschaft eingebettet. Ich wäre ja fast mal in ein herrliches Anwesen im Treppenviertel von Blankenese gezogen. Das ist eine der teuersten Gegenden in ganz Europa. So was kann man eigentlich nicht kaufen, sondern nur erben oder sich schenken lassen.«

»Wer wollte Ihnen denn das vererben oder schenken?«, fragte Lilly.

»Ein Königssohn aus Dubai. Er hatte in Hamburg studiert, und durch meine Senatsarbeit lernte ich ihn kennen, weil der Erste Bürgermeister mich gebeten hatte, ihn unter meine Fittiche zu nehmen.«

Kevin fing an zu lachen und Hannes grinste wie ein Honigkuchenpferd. Rita raufte sich die Haare.

»Und warum hat er es Ihnen dann doch nicht geschenkt?«

»Er wurde von neidischen Prinzen aus seiner eigenen Familie liquidiert.«

»Na, so ein Pech aber auch«, sagte Lilly.

Richard merkte gar nicht, dass Lilly ihn auf die Schippe nahm. Als er sich dann entschloss, zusammen mit Hannes wieder einen Spaziergang im Wald zu machen und die Terrasse verlassen hatte, sagte Kevin: »Man nennt diese Krankheit Pseudologia Phantastica – zu deutsch: Zwanghaftes Lügen. Ich habe im Internet recherchiert. Der arme Mann kann nichts dafür.«

»Der Kerrel hat ′n Knall«, warf Rita ein und Lilly kommentierte: »Es gibt sicher nur wenige Krankheiten, die für die Mitmenschen so erheiternd sind. Der Mann könnte die tollsten

Romane schreiben, ohne sich besonders anzustrengen.«

Rita war gar nicht nach Lachen zumute und sagte: »Wenn der Heini noch ne Woch bleibt, pack ich ne an Kopp und Marsch und schmeiß ne naus.«

Rita erzählte noch, dass Richard als Vierzehnjähriger mal zu Besuch in Clausthal-Zellerfeld gewesen war. Damals waren zwei Kinder aus der Nachbarschaft der Sauschlägerschen Wohnung verschwunden. Die Familie wohnte damals noch in einem Reihenhaus in Clausthal, umgeben von vielen kinderreichen Leuten. Richard erzählte, dass ein anderer Junge die beiden Kinder in den Teich geworfen hätte. Schließlich wurde die Polizei geholt, die genau wissen wollte, wie das vor sich gegangen sei, was Richard dann mit großer Überzeugungskraft demonstrierte. Der beschuldigte Junge wurde von der Polizei verhört, ein paar Männer gingen mit Seilen zum Teich, um die ertrunkenen Kinder aus dem Wasser zu ziehen. Es gab einen großen Menschenauflauf. Die gesamte Nachbarschaft lief zusammen und diskutierte. Die Kinder malten sich schon aus, was man mit dem Mörder in der Erziehungsanstalt alles anstellen würde. Die Mutter der gemeuchelten Kinder schwor der Familie des Mörders lauthals bittere Rache, bevor sie mit einer Wäscheleine auf den Dachboden ging, um sich zu erhängen, was gerade noch verhindert werden konnte. Die ganze Veranstaltung dauerte etwa zwei Stunden, als plötzlich die beiden vermissten Kinder um die Ecke kamen und sich über das hysterische Geschrei der Mutter wunderten. Sie hatten doch bloß ihre Oma in Zellerfeld besucht. Richard bekam ob seiner Lügen den Hintern von seinem Vater versohlt – und die Welt war wieder in Ordnung.

Lilly und Kevin lachten sich kaputt angesichts Ritas drastischer Schilderungen. Dann zog Kevin sich zurück, und Rita konnte Lilly endlich erzählen, was ihr auf dem Herzen lag.

»Ach, Lilly, zuörscht kimmt da sun alder Krepel und singt vom Jammertal, und gestern komme zwei Gangster von der Mafia und verlange, dass ich ähn Loch wieder aufmach, wo ich vor etliche Jahr was für die verbuddelt hab.«

Lilly wurde sofort hellhörig angesichts des Stichwortes Jammertal. »War das so ein Mann, altmodisch gekleidet mit Hut, der gesungen hat?«

»Ja.«

»Hat er was zu dir gesagt?«

»Er hat gesaacht: Dein Hof ist mit Leichen gepflastert. Denn hat er von ewiger Verdammnis gequatscht.«

»Das ist ja mehr als merkwürdig. Ich bin diesem Mann auch begegnet. Dieses fürchterliche Lied ging mir durch Mark und Bein. Aber das Absonderliche ist, dass der Mann ein Geist ist.«

»Ach du Scheiße!«, rief Rita. »Was´n fürn Geist? Es gibt doch gar käne Geister. Dacht´ ich jedenfalls.«

Lilly überlegte intensiv und sagte schließlich: »Ich muss etwas unternehmen. Ich werde einen Spiritisten fragen, was es damit auf sich haben kann.«

»Lilly, ich hab Angst. Und was mach ich mit die Mafialeut?«

»Hast du mit Hannes darüber gesprochen?«

»Na klar.«

»Und was sagt er dazu?«

»Er saacht, wenn die sich noche mal blicken lassen, sappt da se im Marsch, dass se Lumpen kotzen.«

»Das ist die richtige Einstellung.«

Nachdem es Lilly gelungen war, Rita etwas von ihrer Weltuntergangsstimmung zu befreien, machte sie sich auf den Heimweg. Ihre erste Tat war es, ins Internet zu schauen. Sie tippte das Stichwort *Parapsychologie* in die Suchmaschine.

Die Parapsychologin

Lilly hätte gar nicht damit gerechnet, eine seriöse, wissenschaftlich ausgerichtete Institution zu finden, die sich mit Geistern beschäftigt. Und sie wurde auch sofort mit einer kompetenten Mitarbeiterin verbunden, die sich alles anhörte, was Lilly zu berichten hatte und gezielt Fragen stellte. Sie stellte sich als Dr. Liane Meister vor. Gegen Ende des Telefonats sagte sie: »Also, das hört sich für mich sehr interessant an. Insbesondere das Phänomen, dass mehrere Menschen unabhängig voneinander diese Begegnung mit dem Mann hatten, der für die meisten Leute offenbar nicht sichtbar ist. Ich würde mich gern persönlich mit Ihnen unterhalten. Leider sitzt unser Institut sehr weit vom Schuss an der Grenze zur Schweiz. Aber ich fahre übers Wochenende aus familiären Gründen nach Niedersachsen und würde bei Ihnen vorbeischauen.«

»Na, da bin ich ja schon mal erleichtert, dass Sie mich offenbar nicht für eine Spinnerin halten«, sagte Lilly.

»Fräulein Höschen, wir beraten pro Jahr etwa dreitausend Menschen zu diesem Themenkreis. Und glauben Sie mir: Es kommt äußerst selten vor, dass wir es mit Spinnern zu tun haben.«

Als Frau Meister zwei Tage später in Lillys Wohnzimmer saß, erzählte sie kurz über ihren Werdegang: Studium der Psychologie, wissenschaftliche Assistentin für Parapsychologie an einer amerikanischen Universität, psychotherapeutische Arbeit in einer Klinik, Mitarbeit in einer kirchlichen Stelle für Sektenberatung. Daneben hatte sie sich immer mit besonderen Phänomenen beschäftigt, bis sie schließlich in ihre jetzige Position kam. Frau Meister war eine Frau von Ende vierzig und machte einen aufgeschlossenen Eindruck. Lilly hatte Gretel nach dem Frühstück aus Braunlage abgeholt. Sie wollte ihre Freundin unbedingt dabei haben, um die Glaubwürdigkeit ihrer Schilderungen zu bekräftigen. Die Psychologin hörte sich alles, was die beiden Frauen zu erzählen hatten, geduldig an und nahm das Gespräch auf. Sie stellte einige Zwischenfragen, um sicherzugehen, dass sie alles richtig verstanden hatte. Dann lehnte sie sich zurück und erzählte: »Dieses Phänomen, dass Menschen Personen sehen, die von anderen nicht wahrgenommen werden, ist mir schon des Öfteren begegnet. Sowohl in der Literatur als auch im Gespräch mit Betroffenen. Der klassisch ausgebildete Psychologe wird immer versuchen, diesen Zustand einer Krankheit zuzuordnen. Ich kann mir allerdings nicht vorstellen, dass Sie beide, Ihre Bekannte Rita und der zwölfjährige Junge gleichzeitig an derselben Krankheit leiden. Ich hätte auch Schwierigkeiten, hier eine Krankheit zu erkennen, die auf alle zutrifft.«

»Also, wir sind nicht plemplem«, warf Gretel ein.

»Genau das will ich damit sagen«, entgegnete die Psychologin. »Ich halte Sie für seelisch völlig gesund. Sie sind zwei Frauen, die mit beiden Beinen fest auf dem Boden der Tatsachen stehen. Über einen ähnlichen Fall habe ich während meiner Arbeit in Amerika gehört. Einem Farmer in Pennsylvania ist auf seinem Feld mehrfach ein Mann begegnet, der mit ihm gesprochen hat. Einmal hat er sich mit ihm unterhalten, als seine Frau dabei war. Aber die hatte den Mann nicht gesehen oder gehört. Sie zweifelte natürlich am Verstand ihres Mannes. Eines Tages erzählte ein Kind aus der Nachbarschaft seinen Eltern ebenfalls von diesem mysteriösen Mann. Dann geschah längere Zeit nichts. Und ein halbes Jahr später berichtete eine alte Frau, diesem Mann begegnet zu sein. Sie sagte, dass es sich um einen Mann handelte, den sie in ihrer Kindheit gekannt hatte. Sie erinnerte sich auch an seinen Namen.

Nachforschungen ergaben, dass besagter Mann vor vielen Jahren einfach verwunden war, spurlos. Er wurde nie wieder gesehen. Er musste inzwischen so alt sein, dass er nicht mehr am Leben sein konnte. Aber der Farmer, das Kind und die alte Frau hatten ihn nun mal gesehen und mit ihm gesprochen. Tja, und eines Tages war dann der Farmer verschwunden. Es gab keinen Grund, warum er sich hätte absetzen sollen. Man hat gesucht und geforscht. Aber er wurde nie wieder gesehen.«

»Das ist ja unheimlich«, sagte Gretel. »Sollen wir jetzt warten, dass wir auch verschwinden? Bis uns sozusagen der Teufel holt?«

»Nein, ich möchte Sie nicht beunruhigen. Ich will damit nur sagen, dass es Phänomene gibt, die wir nicht immer erklären können. Das Kind und die alte Frau in Pennsylvania sind ja auch nicht verschwunden.«

»Das ist sehr tröstlich.«

»Sollten Sie dem Mann noch einmal begegnen, versuchen Sie eine Film- oder Tonaufnahme zu machen.«

»Dass ich darauf nicht gekommen bin«, sagte Lilly.

Frau Meister schwieg die beiden Frauen eine Weile an, bevor sie antwortete: »Würde ich nicht nach streng wissenschaftlichen Kriterien arbeiten, könnte ich es mir leicht machen und einfach sagen: Es gibt nicht nur unsere sichtbare, physische Welt. Sondern es gibt parallel dazu auch eine astrale, feinstoffliche Welt, in der Menschen leben. Es gibt viele Hinweise darauf, aber keine Beweise, die unseren wissenschaftlichen Prinzipien genügen. Offenbar gibt es aber Menschen, die sich in beiden Welten bewegen können. Meistens wissen sie es gar nicht. Sie hingegen haben den Vorteil, dies zu wissen. Sie leben im Hier und Heute, und Sie hatten einen Einblick in die andere Welt.«

»Auf diesen Einblick hätte ich gern verzichtet«, sagte Gretel.

»Aber wie kommt es denn, dass solch eine Häufung von Begegnungen mit diesem Mann aus vergangener Zeit auftritt?«, fragte Lilly.

»Ich denke, das hat etwas mit Energie zu tun. Es gibt Orte, die eine besondere Energie verstrahlen. Und es gibt Zeiten, die besonders energiegeladen sind.«

Lilly wurde langsam unruhig und sagte: »Also, das Ganze hört sich für mich an wie ein Lehrgang mit dem Titel Esoterik für Anfänger.«

»Ich weiß. Und ich sage Ihnen ganz ehrlich, dass ich für meine Einschätzung kein belastbares wissenschaftliches Fundament habe. Trotzdem bitte ich Sie, mich sofort anzurufen, wenn Sie weitere Begegnungen dieser Art haben sollten.«

Das Gespräch war für Lilly und Gretel relativ unbefriedigend. Frau Meister war zwar freundlich und verständnisvoll und weit davon entfernt, sie als verrückt anzusehen, aber es kam nichts Greifbares dabei heraus. Sie standen mit ihrem Problem, so man es denn als ein solches bezeichnen konnte, allein auf weiter Flur. Sie konnten nur abwarten, ob das Phänomen weiterhin auftrat oder ob sie schlimmstenfalls spurlos in dieser angeblichen Parallelwelt verschwanden. Schließlich hatte Leon auch davon gesprochen, dass da noch andere Leute waren, die nicht aus dieser Welt entfliehen konnten.

Lilly und Gretel verabschiedeten die Psychodame und sagten zu, bei weiteren Begegnungen dieser Art Kontakt aufzunehmen.

Die Mafia

Hans-Henning Zorn war ein Mann von Mitte fünfzig. Beruflich hatte er es weit gebracht, aber seiner Ansicht nach noch nicht weit genug. Als leitender Beamter des Bundeskriminalamts wartete er seit Jahren, endlich ganz nach oben zu kommen. Was ihn daran gehindert hatte, war die Erfolglosigkeit in Sachen *Organisierte Kriminalität*. Er hatte als Kriminaloberrat lange an der Zerschlagung mafiöser Strukturen gearbeitet. Wann immer er ganz nahe dran war, verschwanden plötzlich die Leute, die in der Lage gewesen wären, ihn zum Ziel zu führen. Ein paar mittlere Funktionsträger waren vor fünf Jahren dingfest gemacht worden. Aber der große Durchbruch blieb ihm verwehrt. Nun hatte er endlich eine Spur gefunden, die damals abrupt unterbrochen worden war. Er wusste nun, was sich seinerzeit zugetragen hatte. Und vor allem wusste er, wo der wichtigste Mann nach seiner Hinrichtung begraben wurde. Und mit an Sicherheit grenzender Wahrscheinlichkeit wurde mit dem Mann ein Speicherstick vergraben, den er stets in einem Etui bei sich geführt hatte. Wasserdicht in einem Plastiksack verpackt, müsste dieser Stick noch voll funktionsfähig sein. Hätte Zorn dieses Speichermedium in Händen, könnte er den Coup des Jahrhunderts landen. Darauf verzeichnet waren die Namen und Funktionen aller feinen Herrschaften, die, in welcher Form auch immer, mit einer der größten Mafiaorganisationen in Verbindung standen und daraus ihre Vorteile zogen. Darunter waren hoch angesehene Leute, Unternehmer, Politiker, die Crème de la Crème der Gesellschaft, und das europa- und weltweit. Er hätte natürlich einfach ein mittelgroßes Kommando der Spurensicherung losschicken und die Leiche ausgraben lassen können. Aber dann hätte man sicher hinterfragt, warum er viele brisante Informationen nicht weitergegeben und dokumentiert hatte. Außerdem hatte er seinerzeit auch am Gewinn gewisser Leute partizipiert. Nein, er musste behutsam mit der Sache umgehen. Und er musste der Erste sein, der die Informationen sichtete, und würde dann entscheiden, was er weitergab. Beamte konnte er dort nicht hinschicken, ohne dass alles aufflog. Aus diesem Grund schickte er zwei Leute vor, die er in der Hand hatte. Verbrecher zwar, aber die würden ja wohl mit den

Hinterwäldlern im Harz zurechtkommen. Wenn er dann die bis jetzt vergrabenen Informationen vor Augen hätte, würde er die Bombe platzen lassen, ohne dass etwas über seine Rolle ans Licht kam. Es würde Verhaftungen und Anklagen in mehreren Ländern geben. Das reinste Erdbeben. Er wäre Europas erfolgreichster Ermittler. Die Innenminister, Interpol und leitende Verbrechensbekämpfer aus aller Welt würden Schlange stehen, um sich von ihm beraten zu lassen.

Rita hatte es geahnt. Der fette schwarze BMW fuhr wieder auf das Grundstück. Die beiden Typen hatten ihr gesagt, was zu tun war, aber sie hatte es nach Rücksprache mit Hannes nicht gemacht. Sie wollte das, was sie einst vergraben hatte, nicht mehr anrühren. Das Kapitel war für sie erledigt. Zum Glück war ihr Mann heute da. Der wusste, wie man mit solchen Leuten umging. Als die beiden Herren in Schwarz ausstiegen und gemächlich auf die Terrasse zugingen, wo es sich das Ehepaar Sauschläger gemütlich gemacht hatte, erhob sich Hannes im Zeitlupentempo und baute sich oben vor der kleinen Treppe mit verschränkten Armen auf. Den freundlichen Gruß der Herren erwiderte er mit: »Was seid´n ihr für Vöchel?«

Der große Dünne sagte: »Müller und Schulze«, während der glatzköpfige kleine Dicke kicherte.

Hannes´ spontane Erwiderung: »Woll eher Dick und Doof.«

»Können wir irgendwo ungestört sprechen?«, fragte der Lange.

»Wer stört´n euch hier? De Eichhörnchen? Oder dar Kuckuck?«

»Wir hatten Ihrer Gattin gesagt, dass Sie für uns die zuletzt angelegte Lagerstätte öffnen müssen, da wir daraus dringend etwas benötigen. Ist das inzwischen passiert?«

»Was fürn Ding? Lagerstätte? Mir han hier käne Lagerstätten.«

»Bitte stellen Sie sich nicht dumm. Sie wissen genau, was

ich meine.«

»Jetze pass mal auf, Langer. Was mir hier under dar Erd han, das gieht dich n Scheißdreck an. Setz dich in deine Hämmoriedenschaukel und mach dich vom Hoff. Und nämm den klän Dicken mit. Kreuzt hier auf und kämmt sich noch net amal de Haar.«

»Ich habe keine Haare«, mischte sich der Dicke ein.

»Das is käne Entschuldichung«, gab Hannes zurück, der es sichtlich genoss, einen Meter über den beiden Männern zu stehen und sie von oben herab abzukanzeln.

Jetzt wurde der kleine Dicke aktiv, bestieg die erste Stufe zur Terrasse und brüllte: »Wir können auch andere Saiten aufziehen«, was Hannes zu schallendem Gelächter veranlasste.

»Su klän und all su frech«, spottete er.

Nun versuchte der Lange zu beschwichtigen: »Sie brauchen das auch nicht für umsonst zu machen. Wir würden uns sehr erkenntlich zeigen.«

»So? Was lässt de denn springe, wenn mir da im Dreck rumbuddeln?«

»Tausend Euro wären schon drin.«

»Ha, du alberner Marsch. Da haste woll ne Null vergessen, du Bindfaden.«

Allmählich wurde nun auch der Lange ungeduldig und stand vor der Alternative, sein Gegenüber anzuschreien oder die Waffe zu zücken.

Rita hatte von ihrem bequemen Stuhl aus genau zugehört und las in den Gesichtern der Besucher. Jetzt kam ihr eine Idee und sie schaltete sich ein: »Hannes, lass sich die bäden Gipsköppe hier hinsetzen und denn solln se sagn, was se wolln.«

Widerwillig trat er zur Seite und machte eine Geste, dass sie auf die Terrasse treten sollten. Als sich alle gesetzt hatten, übernahm Rita die Verhandlungen. Es ging darum, das seinerzeit letzte Loch zu öffnen. Die beiden Männer würden dann etwas entnehmen, und die Sauschlägers müssten das Loch wieder zuschütten und bepflanzen. Nachdem Rita sich ausgerechnet hatte, dass dies etwa zwei Stunden Arbeit mit ihrem Minibagger kosten würde, einigte man sich auf fünftausend Euro. Das war ein ordentlicher Stundenlohn. Dafür konnte sie mal wieder nach Paris fliegen und einkaufen. Zum Schluss sagte sie streng: »Das is aber es örschte und es letzte Mal, dass ich sowas mach. Danach wörd nüscht mehr angerührt. Habt ihr das kapiert, Müller und Schulze?«

»Ja«, kam es von beiden gleichzeitig.

Hannes war sichtlich stolz, wie er es mal wieder hingekriegt hatte, dass seine Frau genau in seinem Sinne verhandelte. Man verblieb so, dass die beiden Herren am nächsten Tag mit dem Geld kommen würden, und dann ging es an die Arbeit. Cousin Richard und Kevin würden sie wegschicken. Es musste niemand mitkriegen, was hier vor sich ging.

Am nächsten Morgen wurde Richard dazu verdonnert, die Kinder zu bespaßen. Er sollte mit Tim, Yvonne und Kevin nach Schierke fahren, um von dort aus mit der historischen Schmalspurbahn den Brocken zu erklimmen. Dann wären sie den ganzen Tag beschäftigt und würden nicht mitbekommen, was hier vor sich ging. Kevin maulte zwar, weil er viel lieber zu Hause herumgammeln wollte, ließ sich aber durch einen Geldschein davon überzeugen, wie toll solch ein Ausflug war. Vormittags kamen die beiden Schwarzgekleideten. Rita fuhr ihren Minibagger vom Schuppen an die Stelle, die sie ausbaggern musste. Nachdem sie im Haus das Finanzielle erledigt hatten, holte Hannes drei Flaschen Bier. Die beiden Herren lehnten zwar ab, aber da kannten sie die Überredungskunst von Hannes Sauschläger schlecht. Leicht beschwingt gingen alle nach draußen, Rita stellte den Motor an und los ging es. Der kleine Dicke gestikulierte Rita zu und fragte: »Kann ich auch mal?« Lächelnd stieg sie ab und überließ dem Mann ihren Sitz. Er hatte keine Ahnung, fummelte erst mal herum, um sich mit der Maschine vertraut zu machen. Hoch, runter, rechts, links und crash. Die wertvolle Luxuskarosse stand zu nahe am Ort des Geschehens, und er hatte einen Scheinwerfer des BMWs demoliert. Sein langer Kollege, der von Hannes mittlerweile nur noch *Bindfaden* genannt wurde, brüllte: »Du Wahnsinniger!« Rita und Hannes lachten um die Wette, als der Dicke wutschnaubend vom Sitz stieg und sich mit seinem Kollegen lautstark zankte. Schließlich machte Rita, die ja reichlich Übung hatte, weiter. Nach einiger Zeit stieß sie auf etwas, das sie nicht genauer beschreiben konnte. Es musste sich um das Corpus Delicti handeln. Der Lange gab ihr ein Zeichen, den Motor abzuschalten und sagte: »So, eure Arbeit ist erst einmal beendet. Den Rest machen wir mit Schaufeln. Wir rufen euch, wenn wieder zugemacht werden kann.«

Stumm vor sich hin grinsend gingen die Sauschlägers ins Haus. Sie hatten keinerlei Interesse, sich mit dem zu beschäftigen, was da seit Jahren begraben lag. Die beiden Männer waren zutiefst erstaunt, was sich ihnen offenbarte. Zunächst stießen sie auf eine Frau, die weitgehend verwest war. Damit hatten sie nicht gerechnet. Es war nie die Rede von einer Frau gewesen. Wahrscheinlich hatten sie die falsche Stelle ausgegraben. Dann entdeckten sie aber, dass darunter ein Leichensack lagerte, der noch gut erhalten war. Plastik verrottet ja nicht so schnell. Sie schnitten ihn auf und fanden einen relativ gut erhaltenen Mann. Es kostete ihn zwar Überwindung, aber der Dicke griff dem Mann in die Brusttasche und fand tatsächlich ein metallenes Etui, das er dem Langen reichte. Der öffnete es und – tatatataaaa – darin befand sich ein weiteres Etui aus Plastik, das einen USB-Stick enthielt. Sie hatten ihre Aufgabe gemeistert. Herr Zorn würde zufrieden sein und sich erkenntlich zeigen. Sie bedeckten alles notdürftig mit Erde, damit die Sauschlägers nicht mitbekamen, was hier eigentlich Sache war. Dann holten sie Rita, die die Stelle wieder so herrichten konnte, wie sie vorher war. Als sie sah, dass die beiden Männer sich ziemlich dreckig gemacht hatten, grinste sie und sagte: »Na, ihr bäden Sudelheinis, is woll net de richtiche Gadrobe für sone Schmandarreb.« Dann ging sie ans Werk.

Das ungleiche Duo verschwand mit ihrem leicht demolierten Auto und Hannes sah von der Terrasse aus zu, wie Rita das Loch wieder zu baggerte und sich abmühte, die Sträucher wieder einzupflanzen. Dreckig und verschwitzt ging sie ins Haus, duschte und setzte sich dann ins Wohnzimmer, um sich mit den zehn Fünfhundert-Euro-Scheinen Luft zuzufächeln. Als ihr Mann ins Zimmer kam, sagte Rita: »Ich fahr nächste Woch nach Baris und keef ma neue Klamotten.«

»Aber du nimmst net das ganze Geld.«

»Das wörste schon sehn. Ich ha de ganze Arreb gemacht und du hast nur aufm Marsch gesessen. Ich fliech nach Baris und du bleibst dahemm.«

Frau Himmelreich

Ein paar Tage später bekam Lilly einen Anruf von Gretel. Sie war ganz aufgeregt, was man sonst überhaupt nicht von ihr kannte: »Lilly, stell dir vor, ich habe eine Frau kennengelernt, die sich mit Geistern auskennt.«

»Gretel, du machst mich neugierig.«

Ihre Freundin erzählte ihr, dass sie mit einer Frau ins Gespräch gekommen war, die gerade in Braunlage Urlaub machte. Irgendwie kamen sie auf das Thema unheimliche Begegnungen zu sprechen, was Gretel veranlasste, von ihrem kürzlichen Erlebnis zu berichten. Die Frau meinte, das sei gar nichts Besonderes. Sie habe ständig Kontakt zu der anderen Welt und sei auch schon oft um Hilfe gebeten worden, wenn

Menschen mit solchen Erscheinungen nicht zurechtkamen.

»Also, die Frau scheint keine Spinnerin zu sein. Wie wäre es, wenn wir uns mal zusammensetzen und über alles reden. Vielleicht bringt uns das ja weiter.«

»Das können wir gern tun, Gretel. Soll ich nach Braunlage kommen?«

»Nein, Frau Himmelreich, so heißt die Dame, sagt, dass Geister oftmals ortsgebunden sind. Es wäre gut, wenn wir uns da treffen, wo dieser singende Kerl schon mal aufgetaucht ist. Also entweder am Zechenhaus oder in Lautenthal oder bei den Sauschlägers.«

»Gut, ich kann ja Rita anrufen, ob wir kommen können.«

Zwei Stunden später saßen alle im Wohnzimmer der Sauschlägers. Frau Himmelreich hatte Gretel aus Braunlage mitgebracht, und Lilly war aus Lautenthal gekommen und hatte, wie üblich, ein großes Kuchenpaket dabei. Rita hatte ihre Familie einschließlich Münchhausen an die frische Luft geschickt, damit sie ihre Ruhe hatten. Sie war in guter Stimmung, weil sie für morgen einen Flug nach Paris gebucht hatte. Sollte Hannes sich doch mit seinem Cousin herumschlagen und mal die Kinder versorgen.

Frau Himmelreich war eine Dame, die in einem Kleinkunsttheater gut als Karikatur einer Hellseherin durchgegangen wäre. Sie mochte Ende sechzig sein, hatte pechschwarzes Haar, das ihr bis weit über die Schultern hing. Dazu war sie geschminkt wie Nina Hagen als Punklady. Ihren fülligen Körper hatte sie in schwarzes Leder gezwängt. Lilly musste unwillkürlich an eine zu drall gestopfte Zungenwurst denken. Sie ließ sich von Gretel, Lilly und Rita alles genau schildern und nickte ab und zu, als ob es hier um die normalste Sache der Welt ginge. Dann holte sie aus zu einem längeren Vortrag, wobei Stimme, Atemtechnik und Gestik wohl aufeinander abgestimmt schienen: »Es gibt diese unruhigen Geister, die eigentlich ins Reich der Toten gehören, aber nicht wissen, dass sie tot sind. Deshalb bewegen sie sich manchmal unter den Lebenden. Viele dieser armen Gestalten sind auf unglückselige Weise aus dieser Welt verschwunden, manche wurden mit Leib und Seele vom Teufel vereinnahmt. Das heißt, ihre Körper sind nie wieder aufgetaucht. Typisch ist, dass sie meist an Orte gebunden sind. Manche sind auch an schlimme Geschehnisse gebunden und melden sich, wenn wieder etwas Schreckliches passiert, was sie selbst in ähnlicher Form erlebt haben. Von diesem Steiger Franz, der Ihnen begegnet ist, habe ich schon vor Jahren gehört.«

Just in diesem Moment geschahen zwei Dinge: Lillys Handy klingelte, und zur Tür herein kam Steiger Franz, der diesmal nicht sang, sondern sagte: »Hört auf, mich zu rufen, ihr dummen Weiber!«

Intuitiv nahm Lilly das Gespräch an, während Frau Himmelreich zu schreien anfing. Am Telefon war Lillys Großneffe Amadeus, der aufgrund des unerwarteten panischen Gebrülls beunruhigt fragte: »Tante Lilly, um Himmels willen, was ist denn bei dir los?«

»Ach Amadeus, nichts Besonderes. Die Geisterspezialistin hat nur gerade einen Geist gesehen, der hier zur Tür hereinkam. Da hat sie einen hysterischen Anfall bekommen.«

In dem Moment war Franz der Steiger auch schon wieder weg und alle schauten sich perplex an. Amadeus konnte sich gar nicht beruhigen. Lilly sagte kurz angebunden: »Amadeus, das ist jetzt ganz schlecht. Ich rufe dich heute Abend von zu Hause aus an«, und drückte das Gespräch weg. Dann sagte sie in die Runde: »Jetzt habe ich vor Schreck vergessen, ein Foto zu machen. Warum muss dieser alberne Bengel ausgerechnet in der Sekunde anrufen, wenn der Geist erscheint?« Und an Frau Himmelreich gerichtet, die noch ganz angstvoll dreinschaute: »Also, dafür, dass Sie über so viel Erfahrung und Wissen verfügen, ist Ihr Verhalten allerdings mehr als merkwürdig.«

Guten Morgen, ihr Leut

Hans-Henning Zorn saß in seinem Büro in Wiesbaden. In der Hand hielt er den Stick, den er gerade dem Etui entnommen hatte. Jetzt kam der spannende Moment. Würde er nach all den Jahren unter der Erde noch funktionieren? Wenn ja, dann hätte er sein Ziel erreicht und würde ganz groß rauskommen. Falls nicht, würde er an seinem Stuhl bis zur Pensionierung kleben. In froher Erwartung steckte er den Stick in seinen privaten Laptop. Es dauerte ein paar Sekunden, dann war plötzlich ein Bild da – und sogar Ton. Es handelte sich um einen Film. Er traute seinen Augen und Ohren nicht. Er sah die Szene, wo Dick und Doof im Gefängnis singen: *Guten Morgen, ihr Leut. Guten Morgen, ihr Leut. Guten Morgen, Herr Lehrer. Guten Morgen, ihr Leut.* Das war alles. Dann blieb das Bild stehen. Er wusste nicht, was das zu bedeuten hatte. Die beiden Idioten hätten es nicht gewagt, ihm das anzutun. Wahrscheinlich war der tote Mafioso ein Witzbold gewesen. Oder sein Vollstrecker hatte die Daten vernichtet und für den Fall, dass jemand danach suchte, den Stick ausgetauscht. Es gab noch eine andere Möglichkeit: Vielleicht hatten die beiden Idioten den Falschen ausgebuddelt. Allerdings wäre es ein zu großer Zufall gewesen, wenn auch dieser Kerl einen Stick bei sich gehabt hätte. Er musste erst mal einen klaren Kopf bekommen. Im Moment konnte er nicht denken. Er machte zeitig Feierabend, um einen ausgedehnten Spaziergang im Taunus zu unternehmen. Nach dem Abendessen, das seine Frau auf der Terrasse des schönen Einfamilienhauses serviert hatte, zog er sich in sein Arbeitszimmer zurück und griff zum Telefon.

Vom Himmelreich ins Paradies

Rita war nach Paris geflogen und wurde heute zurück erwartet. Münchhausen sollte sie vom Flughafen in Hannover-Langenhagen abholen. Hannes hatte die Kinder, seinen Cousin und sich selbst bestens versorgt. Wozu gab es schließlich Lieferdienste, die einem das Essen ins Haus brachten? Kevin hatte Zeit, seiner alten Leidenschaft, der Zauberei, zu frönen. Vor Jahren hatte er schon mal eine Umkleidemaschine erfunden. Wenn dort zwei Leute hineingingen, kamen sie jeweils mit der Kleidung des anderen wieder heraus. Das war ein echter Knüller gewesen. Jetzt hatte er den Apparat weiterentwickelt. Es handelte sich um einen Kasten von je zwei Meter Länge und Höhe und einem Meter Breite. An beiden Enden hatte er jeweils eine alte Drehtür angebracht, die früher für Dunkelkammern benutzt wurden. Nun hatte er diesen monströsen Kasten wieder aus dem Schuppen geholt und tagelang daran herumgefummelt. Die Pläne hatte er in seiner Freizeit auf dem Internat längst erarbeitet. Jetzt ging es nur noch um die Umsetzung. Wenn das funktionierte, wären die Tricks von Siegfried und Roy ein Dreck dagegen. Er wollte es schaffen, dass man in den Kasten hineinging und dann verschwand. Nach einiger Zeit würde der Verschwundene an anderer Stelle wieder auftauchen. Der Gag war, dass seine Kleidung sich aber in dem Kasten befand oder heraus geschleudert wurde. Somit hätte man es quasi mit einer *Verschwinde-Ortswechsel-Entkleidungsmaschine* zu tun. Das gab es noch nicht auf dem internationalen Markt der Zauberer und Illusionisten. Das war eine Weltneuheit, die er eines Tages für viel Geld verkaufen würde. Jetzt brauchte er Testpersonen. Bei seinen quirligen kleinen Geschwistern würde es nicht funktionieren. Eigentlich wäre der behäbige Münchhausen das richtige Opfer gewesen. Aber der war auf dem Weg zum Flughafen. Hannes war ja auch nicht gerade dafür bekannt, sich besonders schnell zu bewegen. Das war wichtig. Also setzte er sich grinsend seinem Vater gegenüber, der sich gerade von der Last des Tages erholte, wie er es meistens tat.

»Was grinst de mich so an? Du hast doch all wieder was aufm Kerbholz.«

»Noch nicht. Aber das wird sich gleich ändern.«

»Pass bloß auf, dass ich dich net im Marsch sapp.«

»Kannst du gerne machen, aber vorher musst du mir mal mit meinem neuen Apparat helfen.«

»Käne zehn Pferde bringe mich da nein.«

»Ich hab ja auch keine zehn Pferde. Deshalb gehst du da freiwillig rein.«

»Nä!«

»Vertrau mir, ich bin schließlich dein Sohn.«

»Deshalb ja.«

»Nun stell dich nicht an wie die Jungfrau im Bade.«

»Wasn für ne Jungfrau?«

Es dauerte zwar etwas, aber der Überredungskunst des Sohnes wie auch der eigenen Neugier war er nicht gewachsen. Schließlich raffte er sich auf und ging durch die Drehtür in den Kasten. Es dauerte zehn Sekunden, bis er anfing zu brüllen und zu poltern. Es folgten einige nicht jugendfreie Flüche. Dann war Ruhe. Nach etwa einer halben Minute sah Kevin seinen Vater auf der Treppe zur Terrasse sitzen, der plötzlich aufstand und brüllte: »Was isn jetz los? Wo sind meine Klamotten?« Er hatte nichts an.

»Es funktioniert!«, schrie Kevin. Durch das Gebrüll angelockt, erschienen seine jüngeren Geschwister Tim und Yvonne. Und wieder brüllte Hannes: »Wo sind meine Klamotten, verdammte Scheiße!« Jetzt nahm er Kevin ins Visier und rannte auf ihn zu. Der kratzte die Kurve und lief zickzack über das Grundstück. Just in diesem Moment kamen zwei schwarze Limousinen durch die Schlaglöcher auf das Grundstück geschaukelt.

Lilly hatte einen Anruf von Gretel erhalten, sie möge doch nach Braunlage kommen. Frau Himmelreich würde sich in Grund und Boden schämen ob ihres Verhaltens neulich bei den Sauschlägers. Aber sie hätte noch etwas Wichtiges mitzuteilen. Lilly war stets dankbar für eine Abwechslung. Außerdem ließ ihr die Sache mit dem singenden Geist keine Ruhe. Also stieg sie in ihren Passat und machte sich auf den Weg nach Braunlage.

In Gretels Wohnzimmer saß eine etwas zerknirscht wirkende Frau Himmelreich. Lilly reichte ihr lächelnd die Hand und fragte gut aufgelegt mit oberlehrerhafter Miene: »Nun, meine Liebe, was haben Sie zu Ihrer Rechtfertigung zu sagen?«

»Tja, ich lebe zwar mit Geistern, aber bei unserem letzten Treffen war ich einfach nicht darauf gefasst, dass dieser Steiger Franz sich in dieser Weise bemerkbar machen würde. Meistens gehen solche Begegnungen etwas subtiler ab. Und nun habe ich die ganze Zeit darüber nachgedacht.«

»Und? Hat es geholfen? Ich meine, Ihr Nachdenken.«

»Ja. Ich bin zu dem Schluss gekommen, dass es in der Gegend einige starke Energiefelder geben muss. Geister sind fast immer ortsgebunden. Wenn sie in unsere Welt treten, dann dort, wo sie sich auch im Leben bewegt haben. Er musste also den Ort, wo wir uns getroffen haben, kennen.«

»Das ist gut möglich. Der Mann war Steiger. Der erste Ort, an dem er uns erschien, war ein altes Zechenhaus. Der zweite Ort war Lautenthal, wo er gelebt hat. Und der dritte Ort, neulich bei den Sauschlägers, war auch mal ein Zechenhaus. Das wird er alles gekannt haben.«

»Ja«, sagte Frau Himmelreich, »aber da ist noch etwas.«

»Na, nun mal raus mit der Sprache«, mischte sich Gretel ein.

Frau Himmelreich sammelte sich etwas und sagte dann: »Es hat nicht nur mit Orten zu tun, sondern oftmals auch mit Begebenheiten. Wenn zum Beispiel an einem solchen Ort etwas Schreckliches passiert ist zu Lebzeiten des Geistes – und wenn es dann wieder passiert, dann ist die Energie besonders stark.«

»Meine Güte, liebe Frau«, sagte nun Lilly, »Sie sprechen in Rätseln. Wollen Sie etwa sagen, dass an diesen besagten Orten in letzter Zeit etwas Furchtbares passiert ist? Mord und Totschlag zum Beispiel?«

»Ja, das vermute ich.«

»Gut, dann sind wir ja jetzt schon mal etwas schlauer.«

Aber Frau Himmelreich war noch nicht fertig. »Normalerweise gehen wir ja davon aus, dass Geister nur Einfluss auf das Seelische nehmen können, nicht aber auf das Körperliche. Aber es gibt Ausnahmen. Vor etlichen Jahren habe ich hier im Harz eine Geschichte gehört, dass ein Mensch verschwunden ist. Die Frau, die mir das erzählt hat, schwor Stein und Bein, dass dieser Mensch im Erdboden versank. Natürlich hat ihr niemand geglaubt. Ich auch nicht. Und sie hat auch diesen Steiger Franz beschrieben, so wie er uns erschienen ist. Sie sagte, er hätte ihn im Auftrag des Teufels geholt.«

»Wer war denn der Verschwundene?«, wollte Gretel wissen.

»Ihr Ehemann.«

»Na, das ist ja ein Ding«, sagte Lilly. »Könnte es sein, dass sie froh war, den Kerl loszuwerden?«

Obwohl Lilly dabei schmunzelte, blieb Frau Himmelreich ernst und sagte: »Ich glaube schon. Jedenfalls hat das auch die Polizei vermutet. Man ging davon aus, dass sich ihr Mann einfach abgesetzt hat, sie aber die Lebensversicherung kassieren wollte.«

»Und Sie meinen, dass schon Menschen mit Leib und Seele dem Teufel anheimgefallen sind?«

»Ja, das meine ich. Es gibt offenbar Geister mit sehr viel Macht. Sie haben mir doch auch erzählt, dass dieser Steiger Franz den Jungen wieder aus der anderen Welt herausgezogen hat. Also hat er auch Macht über den Körper.«

»Eigentlich glaube ich ja nicht an den Teufel«, sagte Lilly. »Andererseits sind wir in dieser Hinsicht doch alle miteinander ziemlich unwissend.«

»Ich wollte Ihnen das nur gesagt haben«, sagte Frau Himmelreich. »Es gibt Mächte, die wir uns nicht recht vorstellen können.«

»Gut, dass Sie uns darüber informiert haben«, sagte Lilly. »Dann können wir ja beruhigt schlafen. Wenn uns der Teufel holen wollte, hätte er es wohl schon getan. Wir sind diesem singenden Steiger schon dreimal begegnet und schmoren immer noch nicht in der Hölle.«

»Warte es ab«, musste Gretel ihren Senf dazugeben.

Nach diesem interessanten Gespräch beschloss Lilly, auf dem Rückweg über Clausthal-Zellerfeld zu fahren, um die Sauschlägers zu besuchen.

Vom Paradies zum Jammertal

In dem einen Auto saßen die beiden Herren in Schwarz, in dem anderen Hans-Henning Zorn. Letzterer überlegte, wo er hier wohl hingeraten war. Da rannte ein nackter Mann über das

Grundstück, der offenbar einen Teenager verfolgte, der von zwei Kindern angefeuert wurde. Auf der Terrasse saßen ein Husky und ein kleiner Chihuahua, die um die Wette bellten. Jetzt merkte der Nackte, dass er Besuch bekam und ging eiligen Schrittes, vor sich hin fluchend, zum Haus. Zögernd stiegen die Männer aus ihren Autos. Herr Zorn hatte einen gewissen Respekt vor Hunden und war ganz erstaunt, dass diese beiden Exemplare gar kein Interesse an ihm zeigten. Stattdessen wurde er von den beiden Kindern angeglotzt. Der Teenager war verschwunden. Dann kam Hannes wieder aus dem Haus, bekleidet mit einer Radlerhose und einem T-Shirt mit dem Aufdruck *Fuck you.* Als er die beiden Männer in Schwarz sah, rief er von der Terrasse herunter: »Was wolltn ihr all wieder hier?«

Nun trat Zorn in den Vordergrund, zückte seinen Dienstausweis und sagte: »Zorn, Bundeskriminalamt. Sind Sie Herr Sauschläger?«

»Es wörd immer verrückter. Örscht kumme dise albern Jockels angeschissen, dar Bindfaden und der kläne Dicke, der sich net de Haar kämmt, und denn aach noch äner vom Grimmenalamt. Ihr könnt mich mal langsam am Marsch lecken.«

Zorn hatte nicht viel verstanden und sagte: »Ich weiß zwar nicht, was Sie hier für einen Ringelpietz veranstalten ... rennen nackt durch die Gegend ... aber das interessiert mich nicht weiter. Ich muss mich mit Ihnen ernsthaft unter vier Augen unterhalten.«

Hannes' Antwort: »Pfff.«

»Kann ich reinkommen?«

Hannes räumte widerwillig den Aufgang zur Terrassentreppe, damit der Kriminalbeamte hochkommen konnte. Sie gingen zusammen ins Wohnzimmer, in dem es aufgrund von Ritas Abwesenheit aussah, als hätte eine Bombe eingeschlagen. Zorn stolperte über einen Stapel Pizzakartons und hätte sich fast lang hingelegt. Glücklicherweise bekam er die Lehne eines Sessels zu greifen und konnte einen Sturz verhindern. Es war das einzige Sitzmöbel, das nicht von irgenwelchem Abfall, leeren Flaschen oder Klamotten belegt war. Also setzte er sich dort hinein. Hannes fiel ein, dass er ja noch hatte aufräumen wollen, bevor seine Frau aus Paris zurückkam.

Hans-Henning Zorn war ein Mann, der Autorität ausstrahlte. Es war selten einem Menschen gelungen, Hannes Sauschläger ernsthaft Angst einzujagen. Aber dieser Mann schaffte es. Er führte ihm vor Augen, was ihm und seiner Familie alles zustoßen würde, wenn er nicht kooperierte. Er sprach von Mitarbeitern der Spurensicherung, die das gesamte Grundstück metertief ausheben würden, von lebenslangem Freiheitsentzug wegen Beihilfe zu mehrfachem Mord, von Pflegeeltern für die unmündigen Kinder und so weiter. Hannes brummelte zwar diverse Verwünschungen vor sich hin, wusste aber nicht so recht, was er diesem Teufel entgegenhalten sollte. Wäre doch bloß Rita da. Die wüsste, wie man mit solchen Leuten umgeht. Kaum hatte er den Gedanken zu Ende gebracht, da fuhren zwei weitere Autos auf das Grundstück: der Wagen von Münchhausen, der seine Frau vom Flughafen abgeholt hatte, und Lillys weißer Passat. Hannes verspürte Erleichterung.

Während Lilly und Münchhausen es sich auf der Terrasse gemütlich machten, stürmte Rita, von den beiden Kleinen eskortiert, ins Haus. Die Kinder waren natürlich in freudiger Erwartung, was die Mutter ihnen mitgebracht hatte. Die beiden Schwarzgekleideten hielten sich in einigem Abstand zur Terrasse auf und rauchten. Als Rita das Wohnzimmer mit ihrem Koffer betrat, brüllte sie: »Was is denn das hier für ähn Schweinestall? Seid ihr bekloppt?« Sie beachtete Zorn noch gar nicht. Erst nach einer Kanonade von Beschimpfungen und Flüchen nahm sie ihn richtig wahr und fragte: »Was bistn du für ähner? Wenn de ähn Saufkumpan bist, kannste gleich wieder abzischen.«

Als sie ihr Pulver verschossen hatte, zückte Zorn seinen Dienstausweis und sagte: »So, jetzt ist Schluss mit lustig. Ich muss Ihnen einige Frage stellen, und zwar unter vier Augen.« Zorn nahm sich Rita in derselben Form vor wie zuvor ihren Mann. Vor allem interessierte ihn, ob sie denn wüsste, was sie da vergraben hatte. Der Unterschied lag in ihrer Art zu antworten.

»Es indresiert mich n Scheißdreck, was ich da verbuddelt hab.«

»So, einen Scheißdreck interessiert es Sie also. Und was würden Sie dazu sagen, wenn ich Ihr gesamtes Grundstück durchpflügen lasse und man hier gut ein Dutzend Leichen findet? Was sagen Sie dazu, wenn Sie wegen Beihilfe zum Mord angeklagt werden und noch so einiges mehr?«

»Du hast doch net alle Eier im Sack.« Leicht bedröppelt kam sie auf die Terrasse und sagte zu Münchhhausen: »Jetze will er dich sprechen.«

Mit erstauntem Gesicht erhob sich dieser und ging ins Wohnzimmer. Nach den Angaben zur Person fing Zorn an, ihn zu befragen: »In welchem Verhältnis stehen Sie zu den Sauschlägers und wann waren Sie zum letzten Mal hier?«

»Ich bin ein Cousin von Hannes. Wann war ich zuletzt hier? Tja, das muss so circa zehn bis zwölf Jahre her sein.«

»Wissen Sie etwas darüber, was Ihre Verwandten hier auf dem Grundstück möglicherweise vergraben haben?«

»Blumenzwiebeln, nehme ich an.«

»Aha. Und warum kommen Sie ausgerechnet jetzt nach so langer Zeit wieder hierher zu einem Besuch?«

»Der Erste Bürgermeister von Hamburg macht Ferien, und da kann ich mir auch mal etwas Freizeit genehmigen. Und ich hatte Lust, die Gelegenheit zu nutzen, mal wieder in die alte Heimat zu fahren.«

»Was hat das mit dem Bürgermeister von Hamburg zu tun?«

»Ich bin sein persönlicher Assistent.«

»Was machen Sie da genau?«

»Das unterliegt strengster Geheimhaltung.«

»Ich bin vom BKA, und Sie werden mir meine Frage beantworten.«

»Es haben schon ganz andere Leute versucht, etwas aus mir herauszukriegen. Ein Anruf beim Ersten Bürgermeister, und Sie können ab nächste Woche Strafzettel schreiben oder die Autos

Ihrer Vorgesetzten waschen.«

»Was glauben Sie eigentlich, was passiert, wenn Sie sich weiterhin aufführen wie ein Idiot? Ich bin schon mit ganz anderen Leuten fertig geworden.«

»Oh, von der Sorte sind Sie. Na gut, sobald ich Zeit habe, werde ich mir vor Angst in die Hose scheißen.«

Es dauerte ein paar Minuten, bis Zorn merkte, mit welcher Art von Mensch er es hier zu tun hatte. Also schaltete er einen Gang runter und sagte schließlich ganz sanftmütig: »Gut. Ich habe Verständnis für Ihre Auffassung hinsichtlich der Dienstpflicht. Dann können Sie jetzt gehen. Und bitte schicken Sie mir die alte Dame herein, die auf der Terrasse sitzt.«

Als Lilly das chaotische Wohnzimmer betrat, erhob sich Zorn, zückte seinen Dienstausweis und stellte sich vor. Dann bat er um Lillys persönliche Angaben.

»Lilly Höschen, siebenundachtzig Jahre alt, ledig, wohnhaft in Lautenthal. Nicht verwandt oder verschwägert mit der Familie Sauschläger.«

»Gut, Frau Höschen.«

»Fräulein, wenn ich bitten darf.«

»Das ist aber eine veraltete Anrede.«

»Ich bin ja auch veraltet. Wenn es Ihnen zu viel Mühe bereitet, mich so anzureden, dann von mir aus auch Frau. Ich werde Sie dann im Gegenzug mit Männlein anreden.«

»Äh, nein nein, ist schon gut. In welchem Verhältnis stehen Sie zu den Sauschlägers?«

»Wir sind Freunde.«

»Sind Sie oft hier?«

»Nein, vielleicht ein paar Mal im Jahr.«

»Haben Sie mitbekommen, dass die Sauschlägers hier auf dem Grundstück etwas vergraben haben?«

»Nein, ich wüsste nicht, was. Das Grundstück war verwahrlost, und ich habe mit Rat und Tat geholfen, alles so schön zu gestalten, wie es heute ist. Ich habe ein paar schöne Sträucher aus meinem eigenen Garten mitgebracht und Rita gesagt, was in der

Sonne, im Schatten oder im Halbschatten gedeiht und welche Pflanzen sich nicht miteinander vertragen.«

»Ist gut. Aber Sie werden doch mitbekommen haben, dass hier gelegentlich Löcher ausgebaggert wurden.«

»Nein, ich sagte bereits, dass ich so etwas nicht mitbekommen habe.«

»Das können Sie mir nicht erzählen.«

»Oh doch, das kann ich, weil es nämlich so ist. Also, ich muss schon sagen, Sie sind ein ziemlich penetranter Mensch. Ihre Gesellschaft ist sicherlich nicht vergnügungssteuerpflichtig.«

»Und Sie hören sich an wie eine alte Studienrätin. Waren Sie mal Lehrerin?«

»Gut erkannt. Allerdings nur im Nebenberuf. Hauptberuflich war ich Striptease-Tänzerin.«

Zorn schaute die kleine alte Frau mit offenem Mund an, bis er merkte, dass sie ihn auf den Arm nahm. Dann sagte er: »Und heute sind Sie anscheinend Komikerin. Ich muss Sie warnen. Sie haben die Pflicht, mir die Wahrheit zu sagen. Wenn Sie falsche Angaben machen, können Sie wegen Beihilfe oder Verschleierung von Straftaten vor Gericht landen.«

»Also, erstens mache ich keine falschen Angaben, und zweitens finde ich es außerordentlich schade, dass es noch keinen Straftatbestand für Humorlosigkeit gibt. Dann säßen Sie nämlich ganz schön in der Tinte. Vielleicht würden Sie mildernde Umstände bekommen, weil Sie ganz offensichtlich im Kühlhaus aufgewachsen sind. Sie meinen wohl, nur weil Sie vom BKA sind, muss man beim Anblick Ihres Dienstausweises aus Ehrfurcht weißen Marmor scheißen. Im Übrigen würde ich mich jetzt gern verabschieden. Das heißt, es wäre nett, wenn Sie sich verabschieden. Ich bleibe nämlich noch ein bisschen.«

Lilly erhob sich und ließ einen frustrierten Kriminalbeamten zurück in dem Chaos des Wohnzimmers. Nachdem er sich auch erhoben hatte, um den Raum zu verlassen, stolperte er wieder über den Stapel Pizzakartons. Diesmal machte er eine Bauchlandung. Draußen winkte er noch einmal Rita und

Hannes zu sich an seinen Wagen und sagte: »Ich habe Ihnen deutlich gemacht, was Sache ist. Halten Sie sich daran. In drei Tagen komme ich wieder.«

Nachdem Zorn mit seinen beiden Vasallen gefahren war, saßen die Sauschlägers, Lilly und Münchhausen auf der Terrasse. Auch Kevin kam dazu. Sein Vater hatte die Eskapaden mit der Verschwinde-Ortswechsel-Entkleidungsmaschine längst verdrängt. Die Begegnung mit diesem blöden Kriminalbeamten saß ihm in den Knochen. Auch Ritas Freude über ihre Parisreise war nun schlechter Laune gewichen. Sie bat Kevin und die beiden jüngsten Kinder, ins Haus zu gehen und einen Koffer mit Geschenken auszupacken, damit sie sich in Ruhe im Kreise der Erwachsenen beratschlagen konnte.

Lilly, die eigentlich gekommen war, um die Sauschlägers über die neuesten Erkenntnisse zu dem singenden Mann zu informieren, vermied das Thema jetzt. Es gab ein ganz anderes Problem. Müller und Schulze waren nach Ansicht der Sauschlägers eindeutig der Mafia zuzuordnen. Wie konnte es sein, dass sich ein Kriminalbeamter mit denen abgab, ja sie offenbar als Gehilfen beschäftigte? Irgendwas ging hier nicht mit rechten Dingen zu.

In Lauthenthal

Lilly machte sich Sorgen um Rita und Hannes. Was sie ihr erzählt hatten, war einfach haarsträubend. Sie brauchte jetzt einen vernünftigen und sachkundigen Menschen, mit dem sie sich unterhalten konnte. Wozu hatte man einen Großneffen, der Jurist war? Amadeus.

Wann immer seine Großtante ihn bat, zu kommen, was nicht all zu oft vorkam, machte er sich auf den Weg. Also stand er am nächsten Vormittag auf der Matte. Nachdem Lilly ihm über die Sauschlägers berichtet hatte, sagte Amadeus in seiner aufgeregten Art: »Ich habe Hannes schon vor sechs Jahren gewarnt und ihm geraten, sofort die Polizei einzuschalten. Stattdessen lässt er sich mit der Mafia ein. Wer weiß, was die da vergraben haben. Giftmüll, Bomben, Leichen. Ich mag mir das gar nicht vorstellen. Und jetzt ermittelt auch noch das BKA.«

»Also, auf mich machte dieser BKA-Mensch einen denkbar zwielichtigen Eindruck. Und er hatte zwei Typen bei sich, die aussahen wie Türsteher auf der Reeperbahn. Vielleicht ist dieser angebliche Kriminaloberrat ja in Wirklichkeit ein Mafioso.«

»Du hast doch seinen Ausweis gesehen.«

»Und wie sollte ich prüfen, ob der echt ist? Kann man nicht beim BKA anrufen und fragen, ob es diesen Mann dort überhaupt gibt?«

»Also, Tante Lilly, das geht mir zu weit. Steck doch deine Nase nicht schon wieder in anderer Leute Angelegenheiten.«

»Mein lieber Juristengroßneffe, die Sauschlägers sind keine anderen Leute. Sie sind auf ihre spezielle Art liebenswerte Menschen. Und wenn sie meine Unterstützung brauchen, bekommen sie sie.«

»Gut, Tante Lilly. Da du ohnehin unbelehrbar bist, schlage ich Folgendes vor. Also, du hast gesagt, sie sollen bis übermorgen ein weiteres Loch ausheben, ohne bis zu den deponierten Gegenständen vorzudringen. Wer hindert sie denn daran, doch bis ganz nach unten zu buddeln. Dann könnten sie sehen, worum es geht.«

»Aber Junge, du hast doch selbst gesagt, dass da etwas Gefährliches liegen könnte. Der BKA-Mann wollte ihnen zwar weismachen, dass es sich um Leichen handelt. Aber wenn dem so wäre, warum lässt er diese dann nicht von seinen eigenen Leuten ausgraben? Der Mann ist wahrscheinlich selbst ein Verbrecher.«

»Seltsam ist das schon. Als Kriminalbeamter beauftrage ich

keine Privatleute, wenn es um derart eklatante Dinge geht. Vielleicht sollte man mal bei Kommissar Schneider nachfragen. Er müsste doch wissen, wenn in seinem Zuständigkeitsbereich das BKA tätig ist.«

»Auf keinen Fall. Wenn die Sauschlägers mit ihren Grabungsaktionen nun wirklich etwas Ungesetzliches gemacht haben, dann sind sie dran. Das möchte ich auf gar keinen Fall.«

»Willst du etwa Verbrechen decken, Tante Lilly?«

»In diesem Fall schon. Allerdings würde ich gern herauskriegen, was es mit diesem Kriminaloberrat auf sich hat. Möglicherweise reißt er die Sauschlägers in etwas hinein, was sie in große Schwierigkeiten bringt.«

Amadeus raufte sich sein blondes Haar, das nun in alle Richtungen abstand, und erwiderte: »Tante Lilly, ich kann den Sauschlägers nicht helfen. Und du kannst es auch nicht. Halte dich einfach eine Weile fern von ihnen. Außerdem: Wenn das BKA auf die Idee kommt, dort im Erdreich nach Leichen zu suchen, wird es etwas finden. Vielleicht nicht den verschwundenen Beamten. Aber du kannst wohl unmöglich vergessen haben, dass du Rita vor ein paar Jahren beauftragt hast, dort diesen mexikanischen Killer zu verbuddeln. Du erinnerst dich? Der Mann, der in Ferdinands Haus vom Kronleuchter erschlagen wurde?«

»Ach Junge, dabei handelte es sich doch um kein Verbrechen. Der Mann hat mit einer Waffe auf Ferdinands Neffen gezielt. Als sein Sohn die Waffe zu fassen kriegte, hat er in die Decke geschossen und dabei die Befestigung des Kronleuchters getroffen, der dann mit vollem Karacho auf den Bösewicht hernieder gegangen ist. Das ist doch keine Straftat.«

»Aber es ist eine Straftat, nicht die Polizei zu rufen und stattdessen eine Leiche einfach auf einem privaten Grundstück verschwinden zu lassen. Du und Rita Sauschläger habt euch schuldig gemacht – und alle damals Anwesenden, einschließlich meiner Wenigkeit, auch. Außerdem: Warum sollte die Polizei oder ein Richter glauben, dass der Mexikaner damals nicht umgebracht wurde? Wer nichts auf dem Kerbholz hat, lässt keine

Leichen verschwinden.«

»In diesem Fall schon.«

»Wie auch immer, ich wollte dich nur daran erinnern, dass deine laxe Rechtsauffassung nicht nur dich in Schwierigkeiten bringen kann. Aber etwas anderes: Was ist eigentlich mit deinen Visionen, äh, ich meine die Sache mit dem singenden Mann und der Spiritistin, die neulich so geschrien hat, als ich dich anrief?«

»Mein Junge, erstens habe ich keine Visionen, und zweitens ist diese Dame, sie heißt Frau Himmelreich, keine Spiritistin. Ich habe sie inzwischen noch mal getroffen bei Gretel in Braunlage. Sie hat uns auf den Ernst der Lage aufmerksam gemacht. Dieser Steiger Franz, so heißt der singende Mann, wandelt durch unsere und die andere Welt. Und möglicherweise zieht er manchmal Menschen von dieser in die jenseitige Welt. Man könnte auch sagen: Er holt lebendige Menschen in die Hölle. So in etwa hat die Dame uns das erklärt.«

»Tante Lilly, es reicht. Ich habe schon genug am Hals mit deinen kriminellen Eskapaden. Jetzt fängst du auch noch an, dich mit solchem Schnickschnack zu beschäftigen.«

»Amadeus, offenbar haben wir die Rollen getauscht. Du hörst dich an wie eine alte Lehrerin. Und ich bin das Kind, das gemaßregelt werden muss.«

Müller und Schulze

Sie kannten sich seit gut zehn Jahren und hatten gemeinsam eine Menge Drecksarbeit für andere erledigt. Ihr Vorteil war, dass sie nie strafrechtlich aufgefallen waren. Als unbescholtene Männer kam die Polizei nicht auf die Idee, bei ihnen nachzuforschen, wenn irgendetwas passierte. Das hatte sich auch Zorn zunutze gemacht. Vor fünf Jahren war er es, der die beiden hätte überführen können, was mit mehreren Jahren Knast verbunden gewesen wäre. Aber er hatte andere Pläne. Immer, wenn es um Sachen ging, die sich am Rande oder außerhalb der Legalität bewegten, schickte er sie los. Als Kriminalbeamter konnte er ohne ordentliche Hausdurchsuchung oft keine gerichtsverwertbaren Beweise beibringen. Und er konnte auch niemanden in die Zange nehmen, um an bestimmte Informationen heranzukommen. Müller und Schulze konnten es schon. Und im Anschluss gaben sie die gewonnenen Erkenntnisse an Zorn weiter, der dann wusste, wo er mit legalen Mitteln ansetzen konnte. Sie waren gern auf sein Angebot, sie zu verschonen, eingegangen. Aber mittlerweile hatten sie die Schnauze gestrichen voll. Wenn sie nicht spurten, konnte Zorn sie jederzeit hochgehen lassen. Und seine Ansprüche wurden allmählich zu hoch. Leichen auszugraben war auch nicht gerade ein Job, um den man sich riss. Und die fünftausend Euro, die sie den Sauschlägers für die erste Grabung gezahlt hatten, waren auch futsch. Was Schulze, der kleine Dicke mit Glatze, nicht wusste, war, dass Müller den Stick ausgetauscht hatte. Wer im Besitz dieser Daten war, konnte sehr reich werden. Nachdem er sich den Inhalt zu Hause angesehen hatte, all die Namen gelesen und die Verstrickungen der Personen in dunkle Geschäfte zur Kenntnis genommen hatte, stand für ihn fest: Diese Informationen gehen nicht an Zorn. Dieser kleine Stick war seine Alterssicherung. Also hatte er von Youtube einen Dick- und Doof-Sketch heruntergeladen und die beiden Dinger ausgetauscht. Er würde noch bis zur nächsten Ausgrabung mitspielen und sich dann in ein Land absetzen, wo ihm niemand an die Eier konnte, auch Zorn nicht. Von dort aus würde er dann in Ruhe anfangen zu kassieren und es sich gut gehen lassen. Selbst wenn Zorn ihn aufspüren sollte, hatte er genug gegen ihn in der Hand, um ihn eines Besseren zu belehren.

Blick nach vorn im Zorn

Der Kriminaloberrat saß an seinem Schreibtisch und spielte mit dem USB-Stick herum. Morgen war Samstag. Da würde er noch einmal in Clausthal-Zellerfeld aufkreuzen, um das Ergebnis der nächsten Grabung zu überwachen. Er hatte einen freien Tag gewählt, damit niemand nachvollziehen konnte, was er machte. Von seinen Reisen in den Harz durfte nichts in den Akten erscheinen. Eigentlich könnte er sich den Weg auch sparen. Die Wahrscheinlichkeit, dass Müller und Schulze die falsche Leiche ausgegraben hatten, und dass diese »falsche« Leiche auch einen Stick bei sich trug, war minimal. Aber es war seine letzte Chance. Er warf den Speicherstick etwas in die Höhe und er fiel auf die Schreibtischplatte. Da fiel es ihm wie Schuppen von den Augen. Er nahm den Stick in die Hand und betrachtete ihn ganz genau. Das konnte nicht wahr sein. Dieses Teil sollte sechs Jahre alt sein? Nie und nimmer. Das war ein USB-Stick, wie er heute benutzt wurde. Vielleicht gab es dieses Modell auch schon seit zwei oder drei Jahren, aber garantiert nicht vor sechs Jahren, als die letzte Leiche deponiert wurde. Müller und Schulze hatten ihn reingelegt. Nun wollte er ganz auf Nummer sicher gehen. Er telefonierte mit dem Hersteller des Speichermediums. Jeder Andere wäre abgewimmelt worden. Aber als Mitarbeiter des Bundeskriminalamts hatte man überall gute Karten. Nach einer Viertelstunde wusste er, dass es dieses Modell erst seit zweieinhalb Jahren gab. *Na wartet, Müller und Schulze! Ihr mögt clever sein, aber nicht clever genug für mich.* Er konnte es gar nicht mehr abwarten, in den Harz zu kommen, musste sich aber bis morgen gedulden. Das war auch gut so. Er hatte nun genug Zeit, sich zu überlegen, was zu tun war. Einerseits wollte er sein Ziel erreichen, andererseits musste er mit diesen Halunken abrechnen. Er konnte es sich nicht leisten, dass sie das Material für Erpressungen nutzten oder gar ihn selbst in Bedrängnis brachten. Er brauchte diese Daten, um mafiöse Strukturen zu zerschlagen, um ein riesiges Netz zu zerstören, das von zum Teil honorigen Mitgliedern der Gesellschaft gewoben war. Er sah schon all die Polizeiwagen mit den uniformierten Beamten, die die Verbrecher aufgrund seiner Anweisung in Handschellen abführten. Er sah die dummen Gesichter, die diese Leute machten, wenn er sagte: »Ich verhafte Sie wegen des dringenden Tatverdachts ...«, oder: »Sie sind vorläufig festgenommen. Abführen!« Das waren genau die Leute, die ihn mitleidig anschauten, weil er sich mit dem Gehalt eines anständigen Polizisten keine Super-Luxuskarosse leisten konnte oder mal eben für eine Woche mit dem Privatjet zu seinem Domizil in die Karibik flog. Dafür würde er sich jetzt rächen. Sein Ansehen würde andere Dimensionen annehmen. Und man würde ihn bei nächster Gelegenheit zum Chef des BKA machen oder ihm einen wichtigen Posten in einem Ministerium anbieten.

Samstag im Paradies

Zorn traf sich mit Müller und Schulze auf einem Parkplatz zwischen Bad Harzburg und Braunlage. Er ließ seinen Wagen dort stehen, weil er nicht wollte, dass dieser an prekären Orten in Erscheinung trat. Es war schon ein Fehler gewesen, das erste Mal mit seinem Auto zu den Sauschlägers zu fahren. Dieses Unternehmen war seine Privatsache. Also stieg er in das Auto, das von dem Langen gefahren wurde. Während der Fahrt fragte er: »Habt ihr mir nichts zu sagen hinsichtlich des Sticks?«

»Wieso, was soll damit sein? Wir haben ihn Ihnen doch gegeben«, sagte der kleine Dicke.

»Merkwürdig ist nur, dass der Mann, der ihn angeblich bei sich hatte, vor sechs Jahren gestorben ist. Aber diese Art von Stick wird erst seit zweieinhalb Jahren produziert.«

Müller und Schulze schauten ziemlich bedröppelt drein, und der Lange sagte: »Das kann ja gar nicht sein.«

»Wie ihr meint«, sagte Zorn, »ich gebe euch noch Zeit, bis wir am Ziel sind. Überlegt euch gut, was ihr tut.« Ansonsten verlief die Fahrt ohne weitere Konversation.

Am Morgen hatte Rita die Kinder noch mal mit Münchhausen weggeschickt, damit sie in Ruhe baggern konnte und niemand Fragen stellte. Gegen elf Uhr saß sie frisch geduscht mit Hannes auf der Terrasse, den sie verdonnert hatte, Frühstück zu machen. Da kam der weiße Passat von Lilly auf das Grundstück gefahren.

»Ach du Scheiße, das aach noch«, sagte sie zu Hannes. »Ausgerechnet, wenn diser alberne Grimmenalfritze kimmt, is es Lilly aach wieder da.« Nichtsdestotrotz begrüßte sie die alte Freundin herzlich und holte noch eine Tasse.

Eine halbe Stunde später tauchte dann der Wagen mit Zorn und seinen Begleitern auf. Der Kriminalbeamte schaute verdrießlich und sagte nach einer knappen Begrüßung: »Ich hoffe, Sie haben meine Anweisungen befolgt. Dann gehen Sie bitte alle ins Haus, bis wir hier draußen fertig sind.« Jetzt schaute er Lilly an, deren Anwesenheit ihm ein Dorn im Auge war, dann zu dem weißen Passat und fragte: »Sollten Sie angesichts Ihres Alters nicht lieber Ihren Führerschein abgeben?«

»Damit hätte ich kein Problem, vorausgesetzt, ich hätte einen Führerschein.«

»Wollen Sie etwa sagen, Sie fahren Auto, ohne im Besitz eines Führerscheins zu sein?«

»Genau das«, gab Lilly spitzbübisch zurück.

»Aber Sie machen sich strafbar.«

»Na und? Solang es keiner weiß.«

»Also, ich denke, ich sollte die Behörden darüber informieren. Ihr Verhalten ist ja verantwortungslos.«

»Tun Sie das. Ich freue mich schon darauf, wenn die Behörden Sie wegen Falschanschuldigung belangen.«

Zorn schaute verwundert drein und fragte: »Haben Sie etwa doch einen Führerschein? Haben Sie mich belogen?«

»Richtig.«

»Aber warum haben Sie das getan?«

»Weil ich Ihr dummes Gesicht so liebe. Gönnen Sie doch einer alten Frau dieses kleine Vergnügen.«

Zorn schüttelte mit dem Kopf. Dann fragte er Hannes mit Blick auf die Verschwinde-Ortswechsel-Entkleidungsmaschine: »Was ist das eigentlich für ein Monstrum?«

»Kuck doch rein. Hat mein Sohn erfunden. Das Ding zaubert dich wo annerschter hin und macht dich nackelt. Das haste noch net erlebt.«

Zorn schaute drein wie ein Vollidiot. Wo war er hier nur hingeraten? Die komische Alte, die ihm Märchen erzählte, dieser bescheuerte Hannes mit seinen Sprüchen und dann dieses resolute Weib mit ihrem Bagger. Solch einer merkwürdigen Gesellschaft war er noch nirgends begegnet. Er sah den langen Dünnen an und sagte: »Geh da mal rein und inspiziere diese Kiste.«

»Warum ich?«

»Weil ich es sage.«

Jetzt brüllte Hannes los: »Mach hin, du Bindfaden. Das haste noch net erlebt.«

Ganz vorsichtig verschwand der Lange in der Drehtür. Ein paar Sekunden lang Stille, dann Geschrei und Geratter. Oben aus der Maschine wurden die Kleidungsstücke herausgeschleudert und landeten vor den Füßen von Zorn. Aus der Hosentasche kullerte ein abgegriffener schwarzer USB-Stick heraus. Zorn hob ihn auf, schaute wie gebannt darauf und steckte ihn in die Jackentasche. Dann bollerte er gegen den Apparat und schrie:

»Jetzt komm raus.« Hannes und Rita lachten lautstark, und Lilly grinste übers ganze Gesicht.

»Der is all draußen«, sagte Hannes.

Der Mann saß auf einem Stuhl hinter der Maschine. Unbekleidet. Als alle ihn entdeckt hatten, sagte Zorn resigniert: »Jetzt zieh dir gefälligst die Klamotten an und dann ran an die Arbeit!« Dann zeigte er auf die Sauschlägers und Lilly und sagte im barschen Ton: »Sie, Sie und Sie – ab ins Haus. Und kommen Sie erst wieder raus, wenn ich es Ihnen sage!«

Nun ging er ans andere Ende des Grundstücks zu der ausgehobenen Grube und wartete, bis der Lange sich angezogen hatte und ebenfalls kam. Müller und Schulze hatten partout keine Lust, in diese fürchterliche Grube zu steigen, aber die Mimik Zorns ließ keinen Widerspruch zu. Während sich die beiden mühevoll die anderthalb Meter hinunter hangelten, drehte sich Zorn einmal um die eigene Achse, um sich zu überzeugen, dass niemand sie sehen konnte, weder vom Haus aus noch von sonst irgendwoher. Das gesamte Grundstück war von Bäumen und Sträuchern gut abgedeckt, die nächsten Nachbarn weit entfernt. Der BKA-Beamte nahm den Stick aus der Tasche, hielt ihn über die Grube und fragte: »Ist es das, was ich denke?«

Der kleine Dicke wusste nicht, was die Frage zu bedeuten hatte. Das war doch der Stick, den sie ihm gegeben hatten. Also antwortete er: »Natürlich, das ist der Stick, den wir aus der anderen Grube geholt haben.«

Nun schaute Zorn den Langen an und sagte: »Das Ding war in deiner Hosentasche. Ist das der Richtige?«

Der Mann war völlig perplex und sagte: »Ja, das ist der Echte.«

»Und warum wolltest du mich bescheißen und hast mir diesen Dick- und Doof-Film untergejubelt?«

»Ich, ich, ach Mensch, ich weiß nicht.«

»Und was meint ihr, was ich nun mit euch machen soll?«

»Uns in Ruhe lassen«, antwortete der Lange.

»Ich verstehe gar nicht, was hier eigentlich gespielt wird«, ereiferte sich der kleine Dicke. Und an den Langen gewandt fragte er: »Hast du etwa den Stick ausgetauscht? Wolltest du deine eigenen Geschäfte machen?«

»Ach, leck mich.«

»Die Konsequenzen habt ihr beide zu tragen«, sagte Zorn, zog eine Pistole mit Schalldämpfer heraus und gab je zwei Schüsse auf die beiden ab, die sofort zusammensackten. Dann nahm er die Schaufel und häufte so viel Erde auf die beiden, dass niemand mehr erkennen konnte, was sich darunter verbarg. Was ihn ärgerte, war, dass er sich seine schönen Schuhe ruiniert hatte. Im Dreck herumzuwühlen war nicht seine Sache. Andererseits hatte er sich nun endgültig eines Problems entledigt. Und der USB-Stick in seiner Tasche würde ihn schließlich dahin führen, wo er schon lange hingehörte. Er ging zum Haus, klopfte, machte die Tür auf und rief. »Sie können jetzt kommen.«

Im Gänsemarsch kamen Rita, Hannes und Lilly auf die Terrasse, und er gab Anweisung, das Loch wieder zu schließen. Wortlos ging Rita über das Grundstück, bestieg den Bagger und schaufelte die restliche Erde in die Grube. Als sie fertig war, klopfte sie professionell die Erde mit der Baggerschaufel fest, fuhr die Maschine in den Schuppen und kam zurück. Dann sagte sie zu Zorn: »Das war jetze es letzte Mal, dass ich su ähn Scheiß gemacht hah. Lass dich bloß net mehr hier blicken, sonst kriech ich n Tobsuchtsanfall.«

»Warum denn so unfreundlich? Es ist jetzt alles erledigt. Ich habe, was ich will, und für Sie ist die Sache endgültig erledigt.« Zorn ging noch mit zur Terrasse und sagte: »Sie dürfen mir jetzt ein Glas Wasser anbieten.« Rita nahm die Wasserflasche, die auf dem Tisch stand, füllte ein Glas und reichte es wortlos Zorn, der es in einem Zug austrank.

Dann fragte Hannes: »Wo sindn die annern bäden? Dar Bindfaden und dar kläne Dicke?«

»Die haben sich zu Fuß auf den Weg gemacht.« Dann Schweigen. Zorn genoss die Stille, die sanft unterbrochen wurde von einer Stimme, die immer näherzukommen schien. Es hörte sich an wie Gesang. Rita und Lilly sahen sich mit ernster Miene an. Jetzt konnte man den Text des Liedes hören:

Ich ziehe durch das Jammertal.
Es ist die reine Höllenqual.
Gott hat sich von uns abgewandt,
lässt uns zurück im Qualenland ...

»Was ist das denn?«, fragte Zorn ungläubig. Hannes schien es auch zu hören.

Ich hole heut den Nächsten ab,
führe ihn ins feuchte Grab,
verdammt zu leben immerdar
in dieser bösen Höllenqual ...

Im nächsten Moment kam ein Mann singend um die Ecke.

Lilly sagte: »Steiger Franz.«

Und Rita jammerte: »Die Scheiße hat ma jetzte aach noch gefehlt.«

Der schwarz gekleidete Mann mit seinem großen Hut blieb vor der Terrasse stehen und schaute Zorn ernst an. Dann sagte er: »Ich denke, wir haben eine Verabredung.« Ohne eine Antwort abzuwarten, machte er kehrt und ging ans andere Ende des Grundstücks auf die soeben zugeschaufelte Grube zu. Zorn schaute ganz entgeistert, erhob sich und folgte dem Mann. Rita, Hannes und Lilly gingen in einem gewissen Abstand hinterher. Steiger Franz stellte sich auf die Grube und wartete.

Zorn ging schneller und rief: »Verschwinden Sie hier!«

»Das werde ich – zusammen mit dir.«

Als beide auf der Grube standen, zückte Lilly ihr Handy und machte ein Foto. Dann fing der Mann wieder an zu singen:

»Hinunter in das Jammertal,
wo das Leben wird zur Qual ...«

In diesem Moment versanken Steiger Franz und Zorn im Boden. Es dauerte vielleicht drei Sekunden, bis beide spurlos verschwunden waren. Nun war kein Ton mehr zu hören. Die Oberfläche der Grube war so, wie Rita sie zugebaggert und festgeklopft hatte. Es gab nicht die geringste Spur für das, was sich soeben zugetragen hatte. Den drei Zuschauern hatte es die Sprache verschlagen. Sie standen mit offenen Mündern da und staunten.

Hannes war schließlich der Erste, der seine Stimme wiederfand. Er zeigte auf die Grube und schrie: »Ha, ha ... haaa. Ich bepiss mich vor Lachen. Die bäden sind in dar Erd versunkn. Das is ja bekloppt.« Jetzt bekam Hannes einen Lachkrampf, eigentlich war es mehr ein Schreikrampf. Er brüllte aus Leibeskräften, bis sich seine Lachmuskeln wieder zusammenzogen und er keinen Ton mehr herausbrachte. Als er sich wieder halbwegs gefangen hatte und Luft bekam, brüllte er erneut: »Die sind in dar Erd versunkn. Dar Grimmenalheini und diser alde Jockel sind in dar Erd versunkn. Ich schmeiß mich hintern Zuch!«

Lilly kommentierte kühl: »Die sind zur Hölle gefahren.« Dann sah sie einen schwarzen USB-Stick auf der Grube liegen und hob ihn auf, während Rita einen Eimer aus dem nahe gelegenen Schuppen holte, aus dem sie händeweise Samen schöpfte und diesen breitflächig über die Grube warf. »Was ist das?«, fragte Lilly.

»Ringelblumensamen. Der geht schnell auf. Und im Herbst pflanz ich denn Dornesträucher drauf. Denn könne die alden Krepels da unten von mir aus verrecken.«

»Die sind all verreckt«, sagte Hannes und fing wieder an zu lachen.

Als Lilly abends zu Hause das Bild auf ihrem Handy aufrief, wunderte sie sich nicht, weil sie es genauso erwartet hatte. Auf dem Foto war lediglich Herr Zorn zu sehen. Von Steiger Franz keine Spur. Dann rief sie Gretel an.

Sonntag im Jammertal

Hannes und Rita hatten am Samstag bis in die Nacht hinein diskutiert, was sie nun tun sollten. Beiden war nicht besonders wohl zumute nach dem Ereignis auf ihrem Grundstück. Es war einfach eine Spur zu übernatürlich.

»Am liebsten wörd ich den ganzen Scheißkram hier vakeefn und nach Honnelulu ziehn«, sagte Rita zu ihrem Mann.

»Du albernes Balllich! Da krichste mich net hin. Ich bleib hier. Ich steich aach net mehr in son beklopptes Fluchzeuch.«

Schließlich entschieden sie sich, am Montag ihre Kinder und die Hunde ins Auto zu verfrachten, um an den Bodensee zu fahren. Auf dem Rückweg könnten sie gleich Kevin in sein Internat zurückbringen. Münchhausen würde dann ebenfalls wieder nach Hause fahren. Für Sonntag hatte sich noch einmal Lilly angesagt, die mit Gretel und Frau Himmelreich vorbeischauen wollte. Letztere wollte unbedingt die Stelle sehen, an der Herr Zorn mit Steiger Franz im Boden versunken war.

Den Vormittag brachten Rita und die Kinder damit zu, Koffer zu packen. Hannes und Münchhausen schmissen den Grill an. Als sie gegessen hatten, fuhr ein Auto auf das Grundstück. Aber darin befanden sich nicht die erwarteten Gäste.

»Leck mich am Marsch«, rief Hannes, als er erkannte, wer da kam. Es war Hannelore Büttner, genannt: *es alberne Büttner Hannel*, Ritas Cousine, die es hasste, so genannt zu werden. In früheren Jahren hatte sie ihr Geld im horizontalen Gewerbe verdient. Sie war damit durchaus erfolgreich gewesen, hatte ihren Beruf aber nach dem dritten Kind, für das sie keinen Vater nachweisen konnte, an den Nagel gehängt.

Mittlerweile war sie jenseits der fünfzig und hatte einen dreißig Jahre älteren Mann geheiratet, den sie hegte und pflegte, weil er eine gute Rente bekam. Sie sah aus wie eine in die Jahre gekommene Barbiepuppe. Allein ihrer gewaltigen blonden Haarpracht sah man an, dass sie eine Unmenge Zeit für die Gestaltung ihres Äußeren aufwenden musste, selbst wenn ihr schwarz-weißer Chanel-Hosenanzug vermutlich aus Taiwan oder Indien stammte. Als sie in Glanz und Gloria vor ihnen stand, sagte Rita innerlich zu sich: »Ich kennt kotzn.«

Hannes hingegen sprach aus, was er dachte: »Ach du liebe Zeit, es alberne Büttner Hannel! Wie siehst du denn wieder aus?«

»Ich heiß net mehr Büttner. Ich bin verheiratet und heiß jetzte Schollmeyer.«

»Das macht es aach net besser.«

Sie reichte allen die Hand und setzte sich dazu. Dann fiel ihr ein, wer der Besucher war und plapperte los: »Ach, du bist dar Münchhausen, der alde Flunkerfritze.«

Richard schaute missmutig drein und sagte: »Ich flunkere nicht.«

»Nä, du lüchst bloß, dass sich de Balken biegn. Ich wess noch, wie de erzählt hast, der Nachbarsbengel hätte zwei Kinner ersoffen. Und ne Stund später warn se wieder da.«

»Das waren Jugendsünden. Was hast du denn in deiner Jugend getrieben? Du bist für Geld mit Männern in die Kiste gesprungen.«

»Du alberner Marsch! Das hat dich doch net zu indresiern.«

Nun schaltete Hannes sich ein, bevor die Sache noch eskalierte: »So, jetzte haldet alle bäde mal euern Rand. Hier wörd sich net gezankt.« Dann sah er Hannel an und fragte: »Und was führt dich hierher? Ich hab dich bestimmt zwä Jahr net gesehn, und jetzte biste hier und stänkerst rum.«

»Das is dir wohl net recht, dass de Verwandtschaft sich mal blicken lässt?«

»Du albernes Büttner Hannel, nun verzehl, was de hier willst. Vor imfimesist bist doch bestimmt net gekomme.«

»Hm. Ich such n Haus für mein Mann und mich.«

»Denn musste nachn Immobilienfritze giehn. Mir han käne Häuser zu verkäfen.«

»Warum denn net? Ihr habt hier drei Stück rumstehn.«

»Die braugn ma alle selber.«

»Ach so, ihr wohnt mal in den ähn, denn mal in den annern. Und wenn mal äns kapuut gieht, habta noch ähns als Ersatz.«

»So isses. Außerdem ham ma Kinner, die da vielleicht mal einziehn. Und mir wolln aach käne Nachbarn, örscht recht käne buckliche Verwandtschaft. Mir sind froh, wemma unnere Ruh ham.«

»Und unner Haus is zu groß. So ähn klänes Haus wie da drüm«, – sie zeigte jetzt auf eines der Gästehäuser – »das wär das Richtiche für mein Heinzi und mich. Mir wolln es aach gar net kaufen, mieten wär viel besser.« Was sie nicht erzählte, war, dass ihr Haus sich in einem desolaten Zustand befand und eine Renovierung unbezahlbar machte.

Als die hitzige, lautstarke Diskussion ihren Höhepunkt errichte, fuhr Lilly mit ihrem Passat auf dem Grundstück vor. Rita kam gleich auf die drei Frauen, die dem Auto entstiegen, zu, um sie vor ihrer komischen Cousine abzuschirmen. Sie ging mit ihnen direkt ans andere Ende des Grundstücks, wo Lilly vor der zugebaggerten Grube erzählte, was vorgefallen war. Frau Himmelreich machte ein ernstes Gesicht und schwieg eine Weile. Dann sagte sie: »Das ist ein typischer Fall für einen Toten, der einfach keine Ruhe findet. Wenn er einen abgrundtief schlechten Menschen findet, hat er das Potenzial, diesen direkt in die Unterwelt zu holen.«

»Um Gottes willen«, sagte Gretel, »ich bin ja kein ängstlicher Typ, aber bei Ihren Schilderungen kann einem das Blut in den Adern gefrieren.«

»Müssen mir jetzte aach Angst ham?«, fragte Rita.

»Das glaube ich nicht.«

In ihrer unbändigen Neugier verließ nun auch das alberne Büttner Hannel die Terrasse und ging auf die Besucherinnen zu. Wenn schon ihre Verwandtschaft so unhöflich war, sie nicht vorzustellen, dann machte sie das eben selbst. Während sich Rita mit Frau Himmelreich und Gretel weiter unterhielt, setzten sich Lilly und Hannelore auf eine Bank. Als die neugierige Cousine alles Wissenswerte aus Lilly herausbekommen hatte, war es an Lilly zu fragen: »Und was machen Sie beruflich?«

»Beruflich? Ich bin verheiratet und kümmer mich um mein Mann. Der is all über achtzig.«

»Ist er denn ein Pflegefall?«

»Das net, aber er wörd immer bekloppter im Kopp, wie alte Leut nunemal so sind.« Lilly grinste in sich hinein, während Hannel aufzählte, was sie alles für ihren Mann tat. Und zum Schluss sagte sie noch, dass sie ihm jeden Abend ein Glas Schnaps einschenkte, was gut gegen Demenz sein sollte. »Ich selber trink ja nur Rotwein. Der is gut fürs Herz, und man kann ordntlich dorchschlafen.«

»Aha«, sagte Lilly, »aber gegen Schwachsinn scheint er nicht zu wirken.« Dann erhob sie sich und ließ diese penetrante Person allein auf der Bank sitzen, die intensiv nachdachte, ob sie von der Alten eben beleidigt worden war. Als Rita etwas über Steiger Franz erzählte, wurde Hannel hellhörig, ging zu den anderen Frauen und mischte sich ein: »Meine Omma hat erzählt, dass meine Uromma de Kinner immer Angst gemacht hat. Die hat immer gesacht, wenn se net artich sind, holt se der Steicher Franz. Der kimmt aus der Erd raus und zieht se runter.«

»Haben Sie den Steiger Franz mal gesehen?«, fragte Lilly.

»Quatsch, den gibt´s doch gar net. Das war doch bloß son Schauermärchen.«

»Manche Märchen haben einen wahren Kern«, sagte Frau Himmelreich.

Jetzt kam auch noch Hannes dazu, der die Damen natürlich begrüßen wollte. Mit seiner lauten Stimme textete er Gretel zu: »Was denkste denn, was gestern hier los wahr! Es Lilly wörd es dar woll erzählt ham. Ich ha mich fast bepisst vor Lachen.«

Rita wollte nicht, dass die Sache in Anwesenheit vom albernen Büttner Hannel weiter ausgebreitet wurde, und fuhr ihrem Mann über den Mund: »Jetzte halt dein Rand, das wissen ma all alles. Da brauchste dein Sennef net aach noch dazu gehm.« Als Hannel nachfragte, was denn da losgewesen sei, bekam sie von Rita zur Antwort: »Du kannst alles essen, aber du musst net alles wissen.«

Jetzt reichte es der Cousine, und sie holte zu einem Rundumschlag aus: »Du bist all immer son widerliches Fressen gewesen. Kümmerst dich lieber um fremde Leut als um de eichne Verwandtschaft. Lasst eure Häuser lieber leer stehn, als mir äns zu vermieten. Und denn muss ich ma aach noch übers Maul fahrn lassen. Was denkt ihr eigntlich, wer ihr seid? Albernes Gehottel! Mich säht ihr hier net wieder. Ihr seid doch genau solche Lügnbäster wie dar Münchhausen.« Wutschnaubend ging sie zu ihrem Auto und fuhr, viel zu schnell angesichts der Schlaglöcher, davon.

Hannes rief noch hinterher: »Reisende Leut soll ma net aufhalten. Mach dich vom Hoff, du albernes Bäst!«

Frau Himmelreich, die nur wenig verstanden hatte, fragte: »Was war das denn jetzt gerade?«

Als alle auf der Terrasse saßen, sagte Frau Himmelreich: »Wenn ich die aufbrausende Dame richtig verstanden habe, dann wird hier schon seit Generationen über den Steiger Franz gesprochen. Das heißt doch, dass er früher schon in Erscheinung getreten sein muss. Ich selbst habe ja auch schon mal von ihm gehört.«

»Das ist ganz schön gruselig«, sagte Gretel. »Sollte man vielleicht mal nachsehen, ob der Typ und sein Opfer in der Grube zu finden sind?«

»Um Gottes willen!«, schrie Rita.

Frau Himmelreich kommentierte: »Da können Sie graben, so tief Sie wollen. Sie werden niemanden finden.«

Auf und davon

Am nächsten Morgen verabschiedete sich Münchhausen und bedankte sich herzlich für die schönen Tage im Harz. Er drückte den Kindern noch jeweils einen Geldschein in die Hand als Taschengeld für den Urlaub und gab Rita ein Parfüm, das er im Supermarkt erstanden hatte. Hannes reichte er eine Schachtel Zigaretten und bemerkte: »Die hat mir die dänische Königin geschenkt. Das ist ihre Hausmarke. Ich rauch ja nicht mehr.«

Hannes erwiderte: »Oh, jedes Mal, wenn ich davon äne schmök, mach ich n Bückling und schrei *Hurra, es lebe die Kenichin.*«

Dann setzte sich auch die Familie Sauschläger in Bewegung. Hannes fuhr den Familienbus, während Rita sich ans Steuer des BMWs setzte, mit dem Müller, Schulze und Zorn vorgestern gekommen waren. Sie wollten mit der ganzen Sache nichts mehr zu tun haben. Dazu musste vor allem auch das Auto hier weg. Der Wagen hatte ein Frankfurter Kennzeichen. Also würden sie ihn bei einer Raststätte nahe Frankfurt abstellen. Kein Mensch würde sie mit dem Auto oder mit diesen Typen in Verbindung bringen. Sie wussten ohnehin nicht, ob der Wagen Müller, Schulze oder Zorn gehörte. Zorn war in der Hölle, und wenn Müller und Schulze tatsächlich noch einmal wiederkommen sollten, würden sie sagen, Zorn sei damit weggefahren.

Die Tage am Bodensee waren unbeschwert. Hannes lag den ganzen Tag über auf der Terrasse herum, zusammen mit seinen Hunden, die mittlerweile genauso faul waren wie ihr Herrchen. Rita fuhr einmal pro Tag nach Friedrichshafen, Lindau oder Konstanz, um ihrer Lieblingsbeschäftigung nachzugehen: Shoppen. Abends ging man essen. Kevin hatte ein gleichaltriges Mädchen kennengelernt, mit dem er sich täglich zum Schwimmen und Eisessen verabredete und die übrige Zeit auf seinem Zimmer verbrachte. Als die beiden Kleinen sich beschwerten, ihr großer Bruder hätte ihnen versprochen, mit ihnen *Schiffe versenken* zu spielen und nun würde er mit diesem Mädchen wieder in seinem Zimmer sein, sagte Hannes: »Der versenkt gerade was anneres«, was ihm von Rita eine Rüge in Form eines leichten Schlages auf den Hinterkopf einbrachte. Die Vorgänge der letzten Zeit hatten das Ehepaar Sauschläger erfolgreich verdrängt. Ab und zu bekam Hannes noch aus heiterem Himmel einen Lachanfall, wenn ihm wieder einfiel, wie Steiger Franz und der Kriminalbeamte im Boden versunken waren. Da Rita nicht wusste, warum er lachte, dachte sie bei sich: »Der Kerrel is all immer n bissl bekloppt gewesen. Da kamman nüscht machen.«

Dann ging die unbeschwerte Zeit zu Ende, und sie brachten Kevin wieder in sein Internat. Als Familienmitglied, das völlig aus der Art geschlagen war, freute er sich auf das neue Schuljahr.

Was die Sauschlägers nicht wussten, war, dass in ihrer Abwesenheit das alberne Büttner Hannel noch mal auf ihrem Grundstück war. Sie hatte sich noch ein paar Tage lang derart über die ihrer Meinung nach unwürdige Behandlung bei ihrer Verwandtschaft geärgert, dass sie sich erneut ins Auto setzte, um ihrer Cousine und deren Mann mal richtig den Marsch zu blasen. Sie klingelte und klopfte, musste sich aber damit abfinden, dass die

Verwandten wohl ausgeflogen waren. Also trat sie noch einmal gegen die Haustür und wollte wieder fahren. Da fiel ihr dieser monströse Kasten auf der Terrasse ins Auge. Neulich war sie gar nicht dazu gekommen, zu fragen, was das denn für ein Ding sei. Das würde sie jetzt schon selbst herausfinden. Sie ging durch die Drehtür und fand sich eine halbe Minute später schreiend auf der Terrassentreppe wieder. Splitterfasernackt! Panisch lief sie von der Terrasse in den Garten und suchte ihre Kleider. Vergeblich, sie fand sie nicht. Wahrscheinlich waren sie in dem Kasten zurückgeblieben. Aber um nichts in der Welt würde sie da noch mal reingehen. In ihrer Not durchstöberte sie zunächst das Auto nach irgendetwas, das sich zum Anziehen eignete. Fehlanzeige. Noch nicht mal eine Decke fand sich. Da fiel ihr der Schonbezug des Beifahrersitzes ein, den sie dort aufgezogen hatte, weil ihr tütteliger Mann immer alles bekleckerte. Den drapierte sie sich jetzt notdürftig von der Brust bis zum Hinterteil, welches allerdings immer wieder herausrutschte. Das Zebramuster sah zwar bescheuert aus, aber es war die einzige Textilie, der sie in dieser Situation habhaft werden konnte. Bei ihrer Fahrt durch die Stadt im Schritttempo zog sie diverse ungläubige Blicke auf sich. Nicht nur ihr Äußeres war aufsehenerregend, auch ihre lauten Selbstgespräche bei geöffnetem Fenster, ihre Flüche und das wutschnaubende Eindreschen auf Lenkrad und Armaturenbrett veranlasste die Leute, ungläubig hinzuschauen. Zum Glück gab es keine roten Ampeln. Als sie in Zellerfeld vor ihrem Haus parkte, spielten zwei Kinder auf der Straße, die glotzten, als sie das Auto verließ. Aber dann kamen zwei Jugendliche gegenüber aus der Haustür und brüllten vor Lachen. Einer der Jungen rief: »Mama, komm mal schnell, es alberne Büttner Hannel lefft hier mitm nackelten Marsch als Zebra rum!« Bis sie die Haustür geöffnet hatte, wurde sie in diesem Aufzug von etlichen Leuten gesehen, die entweder staunten oder kreischten. Das war ein Tiefpunkt ihres Lebens. Und wem hatte sie das zu verdanken? Ihrer bekloppten Verwandtschaft, der sie nun ewige Rache schwor.

Der Vermisste

In Wiesbaden wurde Kriminaloberrat Zorn vermisst. Zunächst von seiner Frau, ein wenig später auch von den Mitarbeitern und Vorgesetzten seiner Dienststelle. Ein Kollege ihres Mannes befragte Frau Zorn und kam zu keinem Ergebnis. Er hatte seiner Frau gesagt, er müsse am Samstag in einer dienstlichen Angelegenheit wegfahren und käme erst spät am Abend zurück. Als er nicht kam, rief sie ihn an. Sowohl das dienstliche Handy als auch das private Smartphone waren offenbar ausgeschaltet. Der Kollege recherchierte in der Dienststelle, womit Zorn sich derzeit beschäftigte. Es gab nicht den geringsten Hinweis auf eine Dienstreise. Zorns Sekretärin war ebenfalls ratlos. Sie wusste nur, dass ihr Chef in den letzten Tagen die aktuellen Akten seiner Mitarbeiter durchgesehen hatte, um auf dem Laufenden zu bleiben. Die ihm unterstellten Kommissare konnten sich nicht vorstellen, dass er ohne Rücksprache eigenständig in einen ihrer Fälle eingriff. Zorn war dafür bekannt, sich von den Mitarbeitern persönlich berichten zu lassen, um ihnen dann Anregungen zu geben oder Weisungen zu erteilen. Man vermutete, dass er am Samstag wohl eher in privaten Angelegenheiten verreist war. Aber warum kam er nicht zurück? Und warum war er nicht erreichbar? Ob er vielleicht Opfer eines Verbrechens geworden war? Man tappte im Dunkeln, ging aktuelle und Langzeitfälle durch. Natürlich konnte es immer passieren, dass ein Mann in seiner Position von bestimmten Kräften ausgeschaltet werden sollte. Was fehlte, war ein konkreter Anknüpfungspunkt. Dieser kam eine Woche später in Form einer Meldung, die die Polizeiinspektion Goslar intern herausgegeben hatte. Auf einem Parkplatz zwischen Bad

Harzburg und Braunlage war ein Pkw mit Wiesbadener Kennzeichen gefunden worden, der dort offenbar schon einige Zeit herumstand. Es handelte sich um das private Fahrzeug eines gewissen Hans-Hennig Zorn. Hauptkommissar Schneider kam der Name bekannt vor. Er hatte vor ein paar Jahren einmal mit einem Beamten dieses Namens zu tun gehabt und rief nun beim BKA an, ob es sich hier um den Kriminaloberrat handeln könne. Ein paar Stunden später erschien in Schneiders Büro ein Hauptkommissar Jean Wüstenschütz, der den Fall seines vermissten Vorgesetzten untersuchte. Er bat Schneider um Unterstützung, da dieser sich in der Region auskannte. Sie fuhren zusammen zu dem Parkplatz, um sich dort umzusehen. Den Wagen ließen sie zur kriminaltechnischen Untersuchung abtransportieren.

Es war Abend geworden. In einer solchen Situation war allerdings nicht an Feierabend zu denken. Wüstenschütz, ein Mann von Mitte vierzig, war seit zwölf Stunden in Aktion, hatte Hunger und das Bedürfnis, in Ruhe zu besprechen, wie man weiter vorgehen sollte. Spätestens morgen früh erwarteten seine Vorgesetzten einen Lagebericht von ihm. Also führte Schneider ihn in ein schönes Restaurant in der Goslarer Altstadt. Sie fanden ein ruhiges Plätzchen, wo sie beim Essen den Stand der Dinge und das weitere Vorgehen erörterten konnten.

»Vielleicht bringt uns die Auswertung des GPS weiter. Mal sehen, ob die Kollegen in der KTU etwas herausgefunden haben«, sagte Schneider. »Es bringt nichts, auf blauen Dunst die Gegend um den Parkplatz herum abzusuchen. Bei dem Wetter, das wir in der letzten Zeit hatten, spazieren dort täglich Hunderte von Menschen durch den Wald. Dass da jemand umgebracht, beseitigt und nicht gefunden wird, ist äußerst unwahrscheinlich.«

»Er könnte natürlich mit einem anderen Fahrzeug weggebracht worden sein und sich nun ganz woanders befinden«, entgegnete Wüstenschütz.

»Aber es muss doch einen Anlass geben, warum er ausgerechnet im Harz gelandet ist. Was wollte er hier?«

»Das ist die große Preisfrage. Aus den Unterlagen des BKA ist kein Hinweis zu entnehmen, weshalb er hierher kommen sollte. Außerdem unternimmt ein so erfahrener Beamter nichts auf eigene Faust. Ich würde das jedenfalls nicht tun.«

»Ich auch nicht«, sagte Schneider. »Aber wie sieht es mit Herrn Zorn aus? Können Sie das einschätzen?«

»Ich denke schon, dass er sich an die Dienstvorschriften hält und sich nicht durch Alleingänge in Gefahr bringt. Allerdings geht er manchmal auch etwas unkonventionell vor. Mehr will ich dazu nicht sagen. Gehen wir also erst mal davon aus, dass er privat unterwegs war. Bis morgen früh werden wir dann wohl die genauen Aufzeichnungen des GPS haben. Dann sehen wir weiter.«

»Bleibt zu hoffen, dass Zorn das Navi auch verwendet hat«, gab Schneider zu bedenken und prostete seinem Kollegen mit seinem großen Bierglas zu.

Zurück im Paradies

Die Sauschlägers kamen abends zurück. Gegessen hatten sie bereits unterwegs, sodass sie gleich das voll beladene Auto auspacken konnten. Koffer, Kisten, Tragetaschen – alles wurde erst einmal auf den Flur gestellt. Beim Anblick des riesigen Gepäckhaufens musste Rita staunen. Sie wunderte sich, wie sie früher, als noch alle sechs Kinder mitgefahren waren, in den Familienbus hineingepasst hatten. Dann machte sie einen Rundgang über das Grundstück. Offenbar hatte es ein paar Regenschauer gegeben. Die Saat auf dem Beet, wo der Steiger Franz mit dem Kriminalbeamten versunken war, war aufgegangen. Am nächsten Morgen fuhr sie einkaufen, danach steckte sie Wäsche in die Maschine, bereitete das Mittagessen und würde sich dann für den Rest des Tages auf der Terrasse ausruhen. Das Wetter war wieder sommerlich. Das typische Harzer Regenwetter hatte offenbar während ihres Urlaubs stattgefunden. Hannes hatte sie dazu verdonnert, den Rasen zu mähen. Er hatte zwar herumgemault, war aber nicht in der Lage gewesen, sich ihrer Anweisung zu entziehen. Wenn diese Frau etwas wollte, setzte sie sich durch, notfalls mit brachialer Gewalt.

Das alberne Büttner Hannel war die ganze Zeit über in Aufruhr. Sie konnte die Schmach, die ihr auf dem Sauschlägerschen Grundstück widerfahren war, einfach nicht abschütteln. Sie traute sich kaum noch heraus, aus Scham, Leuten zu begegnen, die sie in ihrem Zebra-Aufzug gesehen hatten. Heute Morgen hatte sie zu allem Überfluss auch noch erfahren, dass man sie vor ihrer Haustür gefilmt hatte. Und das war nun im Internet für jeden sichtbar. Sie hatte keine Ahnung, was man dagegen tun konnte. Irgendwie war die digitale Entwicklung an ihr vorbei gezogen. Aber einer ihrer Söhne kam vorbei, um ihr das Video auf seinem Smartphone zu zeigen. Da hatte sie das Ding genommen und aus dem Fenster geschmissen. Es war aber nicht kaputt und ihr Sohn erklärte ihr, dass man das auf jedem Gerät sehen könne. Einzelne Smartphones oder Computer zu zerstören, brächte nichts. Außerdem sei ihr Auftritt doch ganz originell. Der kurze Videolip erfreute sich auf Facebook – was auch immer das war – derzeit größter Beliebtheit. Das machte sie nur noch wütender, und sie setzte ihren Filius kurzerhand an die Luft.

Heute würde sie zu ihrer feinen Verwandtschaft fahren. Die konnte ja nicht ewig wegbleiben. Und dann würde sie die Bagage so richtig rundmachen. Sollten sie nicht da sein, würde sie diesen Dreckskasten auf der Terrasse erst kurz und klein schlagen und dann anzünden. Von ihr aus konnte auch gleich das ganze Haus mit abbrennen. Heute war sie genau in der richtigen Stimmung, etwas Großes zu tun. Ihr Mann Heinzi war recht beunruhigt. Er kannte seine Frau ja gut genug. Normalerweise reagierte sie ihre Wut durch einige Stunden lauter Selbstgespräche und Flüche ab, und dann war es auch wieder gut. Aber mittlerweile hielt dieser Anfall schon die zweite Woche an. Von morgens bis abends war sie nur am Schamfuttern. Dabei erfand sie ganz neue Beschimpfungen, und sie fluchte sogar im Schlaf. Irgendwann würde es zur Explosion kommen. Vorsichtshalber verhielt er sich ganz still, um nicht auch noch etwas abzubekommen. Ein paar Mal hatte sie ihn schon angebrüllt: »Und du sitzt da rum und hältst die Fresse, statt deiner Frau mal beizustiehn, du alberner Gartenzwerch.«

In Goslar sahen sich die Kommissare Wüstenschütz und Schneider die GPS-Aufzeichnungen an. Die letzte Fahrt brachte nur die Erkenntnis, dass Zorn von Wiesbaden direkt zu dem Parkplatz im Harz gefahren war. Interessanter hingegen war, dass er einige Tage zuvor schon einmal im Harz gewesen war. Besonders spannend fand Schneider einen Ort am Rande von Clausthal. Der kam ihm bekannt vor. Er gab die Koordinaten in Google Earth ein, und dann fiel der Groschen: »Das ist das Grundstück der Sauschlägers!«

Wüstenschütz wusste natürlich nichts damit anzufangen. »Wer sind die Sauschlägers?«

»Eine Familie, die man erlebt haben muss. Absolute Oberharzer Originale. Eigentlich glaubt man gar nicht, dass es solche Leute gibt, es sei denn, man hat sie selbst erlebt.«

»Gehören sie zu Ihrer Kundschaft?«

»Nur peripher. Als Zeugen hatte ich zweimal mit ihnen

zu tun. Und einmal haben sie im Wald einen Krankenwagen gefunden. Statt das der Polizei zu melden, haben sie ihn einfach verkauft.«

»Was?« Jetzt musste Wüstenschütz lachen und Schneider fuhr fort: »Ja, sie haben sich einfach naiv gestellt nach dem Motto: *Was ich finde, darf ich behalten. Auch, wenn es sich um einen Krankenwagen handelt.* Jedenfalls hat ihre Aussage uns bei der Aufklärung eines Falles geholfen. Und bestraft wurden sie auch nicht, weil niemand das Fahrzeug als gestohlen gemeldet hatte. Es gehörte nämlich einer Verbrecherbande, die den Wagen für eine Entführung benutzt hatte.«

»Sie erleben ja die kuriosesten Dinge hier im angeblich so beschaulichen Harz.«

»Oh ja. Und diese Familie Sauschläger ist noch dazu mit meiner absoluten Lieblingskundin befreundet: Fräulein Lilly Höschen, einer siebenundachtzigjährigen ehemaligen Oberstudienrätin. Auf das Vergnügen, diese Dame kennenzulernen, müssen Sie allerdings verzichten. Denn ihre Adresse kann ich dem GPS nicht entnehmen, was mich wundert.«

»Warum?«

»Weil fast immer, wenn es hier um Mord und Totschlag, um Entführung oder sonstige schwere Verbrechen geht, dieses alte Fräulein in irgendeiner Form involviert ist. Sie wird von Verbrechen geradezu magisch angezogen.«

»Ähm, Herr Schneider, das hört sich ganz schön schräg an. Könnte es sein, dass Sie schon zu lange im Harz sind? Vielleicht sollten Sie mal überlegen, zum BKA zu wechseln.«

»Ach nein, glauben Sie mir, ohne meine spezielle Kundschaft hier würde mir was fehlen.«

»Gut, dann lassen Sie uns die Sauschlägers besuchen, bevor Sie noch Entzugserscheinungen kriegen. Vielleicht hatten sie ja zu Kriminaloberrat Zorn Kontakt.«

Wüstenschütz im Paradies

Im Auto berichtete Wüstenschütz seinem Kollegen, dass er heute schon ein ausführliches Telefonat mit seinem Vorgesetzten im BKA hatte: »Man möchte dort möglichst vermeiden, dass das Verschwinden von Zorn in die Öffentlichkeit getragen wird. Also keine Pressemitteilung und keine Suchaktion über Zeitung und Internet. Auch Frau Zorn wurde gebeten, sich still zu verhalten.«

»Das ist seltsam«, sagte Schneider.

»Tja, was ich so heraushörte, liegt die Vermutung nahe, dass Zorn verdächtigt wird, sich nicht immer korrekt verhalten zu haben, um es mal ganz vorsichtig auszudrücken. Daher hofft man, dass wir beide ganz im Stillen erfolgreich sind. Und ich muss Sie bitten, keine weiteren Kollegen zu involvieren. Ihr Chef wurde diesbezüglich auch schon vom BKA instruiert.«

»Mir soll´s recht sein. Allerdings weiß ich im Moment nicht, wie es weitergehen soll, wenn unsere Mission bei den Sauschlägers nicht von Erfolg gekrönt wird.«

»Darüber müssen sich dann die hohen Tiere Gedanken machen.«

Rita und Hannes saßen auf ihrer Terrasse, um sich von der Arbeit zu erholen, als Schneider seinen Dienstwagen vorsichtig durch die Schlaglöcher auf das Grundstück tastete. »Das ist ja richtig schön geworden hier«, sagte Schneider. »Als ich das letzte Mal hier war, sah es noch nicht so gepflegt aus.«

Sie stiegen aus, und Hannes, der sich neugierig erhoben

hatte, rief: »Ach, dar Schneider von dar Grimmenalbolesei. Was wollt ihr denn hier?« Man begrüßte sich freundlich und Rita holte ohne zu fragen noch zwei Tassen und zwei Gläser. Die Herren setzten sich, ließen sich gern mit Kaffee und Mineralwasser bedienen.

Schneider sagte: »Tja, wir haben ein paar Fragen. Das ist Herr Wüstenschütz aus Wiesbaden. Er sucht seinen Kollegen. Wir haben das Auto des Kollegen Zorn einsam und verlassen auf einem Parkplatz gefunden. Das GPS hat uns allerdings verraten, dass der Mann neulich hier bei Ihnen war.«

Hannes rang mit sich, was er nun antworten sollte. Würde er die Wahrheit sagen, nämlich dass der Mann im Erdboden versunken war, könnte man ihn für verrückt halten, was kein Problem wäre. Aber vielleicht würde man dann die Grube, in die er mit dem Steiger gefahren war, ausheben und dann etwas finden, was niemand wissen durfte. Die Entscheidung, was er sagen oder verschweigen sollte, wurde Hannes von seiner Frau abgenommen: »Der war hier. Is aber schon ne Zeit lang her. Mir sind grade örscht ausm Urlaub zurückgekomme. Vorher kam er mit sein Protzschlitten hierher.«

»Und was wollte er hier?«, fragte Schneider.

»Pfff, der hat n paar blöde Fragn gestellt, ob ma was mit dar Mafia zu tun hätten. Da hab ich ne gesacht, mir kenne käne Mafialeut und er soll sich verpissen.«

»Wieso Mafia? Wie kommt er denn darauf?«

»Das wess ich doch net. Vielleicht hatta an den Tach zu lange in dar Sonn gelägn.«

»Den hatte äner ins Gehörn geschissen«; rief Hannes dazwischen.

»Und wie sind Sie dann mit ihm verblieben?«, fragte Schneider.

»Da war nüscht zu verbleim. Da kam denn noch son alder Krepel, dar Steicher Franz. Und die sind denn alle bäde zusamme im Erdboden versunken.«

Jetzt war Hannes unwohl zumute. Warum hatte seine

Frau das gesagt? Aber diese war schlauer, als er gedacht hatte. Sie stand auf, ging ein paar Schritte, bis sie unter einer alten Ulme stand und sagte: »Hier, genau hier is dar Steicher Franz mitm Zorn im Erdboden versunken.«

»Woher kennen Sie eigentlich den Steiger Franz? Ist das nicht dieser Typ, der ein Geist sein soll?«

»Ich kenn den doch net. Der tauchte hier auf, hatn Zorn gerufen, der is hier untern Baum gegange und denn sind se in dar Erd versunken.«

»Woher kennen Sie den Namen dieses Geistes.«

»Es Lilly wusste, wie der heißt. Die hatte ne schon vorher mal gesehn.«

»Fräulein Lilly Höschen? War die etwa dabei?«

0»Na klar, es Lilly, dar Hannes und ich.«

Hannes war erleichtert. Rita hatte den Beamten eine Stelle gezeigt, wo nie gebuddelt worden war. Das war aufgrund des Wurzelwerks unter dem Baum auch gar nicht möglich.

Nun meldete sich Kommissar Wüstenschütz zu Wort und nahm seinen Kollegen beiseite: »Ich habe nicht alles verstanden. Aber wenn ich das hier richtig deute, dann war Zorn hier, hat von der Mafia geredet, dann kam ein Geist, und dann sind beide plötzlich im Erdboden versunken. Ist das so eine Art Harzer Humor?«

»Ich fürchte nein«, antwortete Schneider.

»Also handelt es sich hier um eine Lügengeschichte?«

»Ich denke, jetzt lernen Sie Fräulein Höschen doch noch kennen. Wir fahren gleich zu ihr. Mal sehen, ob sie das Ganze etwas plausibler erklären kann.«

Wüstenschütz sagte nun an die Sauschlägers gewandt: »Jetzt passen Sie mal auf. Es geht hier um eine ernste Angelegenheit. Erzählen uns keine Märchen.«

Von Hannes kam sofort eine Erwiderung: »Jetze pass du mal auf! Mir verzehln käne Märchen. Mir wolln änfach nur unnere Ruh. Lasst uns gefällichst in Friedn mit euern Mafiascheißkram und euern Grimmenalkrempel.«

Wüstenschütz wusste nicht, wie er hier weiterkommen sollte. Noch nie in seinem Leben hatte man ihm solch einen Mist erzählt. Aber offenbar schienen die Leute daran zu glauben. In dem Moment kam ein weiteres Auto auf das Grundstück gefahren – viel zu schnell. Kaum hatte es gehalten, stürmte es alberne Büttner Hannel auf Hannes und Rita zu.

»Ihr verfluchte Bagage. Was glaubt ihr eigntlich, was ihr mit mir machen könnt? Wollt mar kän Haus vermieten, beleidicht mich und denn stellt ihr ach noch son Kasten auf dar Terrass, wo man nackelt wieder rauskimmt. Meine Klamotten sind weg. Ich musste nackelt hemm fahrn. Das habta doch mit Absicht gemacht, verfluchte Bande!«

Rita und Hannes sahen sich an und fingen an zu lachen. »Ach, du warst hier, als mir net da warn und bist in den Kasten nein? Du albernes Bäst. Das haste jetz davon«, rief Hannes.

Die Frau wurde immer wütender. Jetzt hob sie einen Stein auf und warf ihn gegen den Kasten. Ein zweiter Stein verfehlte Ritas Kopf nur um Zentimeter und prallte gegen eine Fensterscheibe des Hauses, die aber nicht zerbarst. Nun sah Rita rot, hob ebenfalls einen Stein auf und warf ihn gegen Hannels Auto. Diese drehte jetzt ganz durch und ging auf ihre Cousine los. Die beiden Frauen lagen sich, im wahrsten Sinne des Wortes, in den Haaren. Schnell griffen Schneider und Wüstenschütz ein. Jeder kaschte sich eine Frau von hinten, um sie voneinander zu trennen. Der sonst so höfliche, coole Kommissar Schneider verlor die Contenance und brüllte das Büttner Hannel an: »Sofort in den Wagen! Hauen Sie ab!« Sein Gesichtsausdruck ließ nichts Gutes ahnen. Damit hatte sie nicht gerechnet. Es wirkte. Ganz langsam ging sie um ihren Wagen herum, setzte sich hinein, knallte die Tür zu, ließ den Motor an und raste hoppelnd über das Grundstück. Nach zwanzig Metern hielt sie an, öffnete die Tür noch einmal und brüllte: »Ihr könnt mich alle mal am Marsch lecken!«

Wüstenschütz fragte: »Was war das denn für eine Furie? Wer war die Frau?«

»Ach, das war nur unnere Verwandtschaft«, sagte Hannes. »Die is sauer, weil ma ihr kän Haus vermieten wolln.«

»Das ist aber eine merkwürdige Art der Konfliktbewältigung.«

Auf den Schreck setzten sich alle wieder hin, und Rita goss jedem ein Glas Wasser ein. Die beiden Kommissare überlegten, jeder für sich, ob man in diesem Irrenhaus irgendwie mit dem Fall weiterkommen könne, hatten aber nach diesem Vorfall ihre ernsten Zweifel.

»Ich denke, wir fahren jetzt zu Fräulein Höschen«, sagte Schneider zu seinem Kollegen.

»Wie Sie meinen.« Dann drehte Wüstenschütz sich um und betrachtete den großen Kasten. »Was ist das da eigentlich für ein Apparat?«, fragte er und Hannes antwortete: »Das is ne Weltneuheit, erfunden von unnerm Sohn. Es hannelt sich um äne Verschwinde-Ortswechsel-Ausziehmaschine.«

Wüstenschütz schaute ungläubig. »Kann ich da mal reinschauen?«

Hannes setzte einen skeptischen Gesichtsausdruck auf und sagte: »Na klar. Aber wie gesaacht: Man verschwindet, kommt wo annaschta wieder raus und hat käne Klamotten mehr an.«

Der Mann hatte nur Bruchstücke verstanden und erkannte keinerlei Sinn darin. Seine Neugier war nun weiter gewachsen. Rita und Hannes grinsten, als Wüstenschütz sich erhob, den Kasten von außen inspizierte und schließlich durch die Drehtür verschwand. Kurz danach waren Schreie zu hören – und Gerumpel. Schneider wurde unruhig, sprang auf. Oben aus der Maschine wurden Kleidungsstücke herausgeschleudert, komischweise auch ein Kleid und Damenunterwäsche. Zum Schluss flog eine Pistole heraus und landete auf dem gedeckten Tisch. Während Rita und Hannes sich kaputt lachten, stand Schneider hilflos da und rief: »Tun Sie doch etwas!«

Dann sahen sie Herrn Wüstenschütz. Er stand kreidebleich am anderen Ende hinter der Drehtür am Ausgang des

Apparates und hatte nichts an. Schneider glotzte mit offenem Mund und sagte: »Um Himmels willen, was war das jetzt? Warum haben Sie nichts an, Wüstenschütz?«

Dieser hatte offenbar noch gar nicht bemerkt, dass er nackt dastand und versuchte, sich mit den Händen zu bedecken. Als er sich wieder angezogen hatte, sagte der Wiesbadener Kommissar zu seinem Kollegen: »Lassen Sie uns bloß hier abhauen. Die Leute sind ja total gaga. Ich bin froh, wenn ich wieder heil aus dem Harz heraus komme.«

Wüstenschütz im Rosenbeet

In Lautenthal hielt Schneider auf dem großen Parkplatz beim *Schnitzelkönig*. »Mein Magen knurrt. Ich habe den ganzen Tag noch nichts gegessen«, sagte er.

»Mir geht es genau so«, gab Wüstenschütz zurück. Sie fanden einen Platz im Freien und bestellten zwei riesige Schnitzel.

»Wir müssen erst mal wieder zu Kräften kommen, damit wir die nächste Herausforderung bestehen«, sagte Schneider.

»Das alte Fräulein? Schlimmer als die Sauschlägers kann sie ja wohl kaum sein.«

»Warten Sie´s ab, Kollege Wüstenschütz.«

»Können Sie mir einen Gefallen tun und mich Jean nennen und du sagen?«

»Natürlich. Ich heiße Gerald.«

Dann klingelte das Handy von Wüstenschütz. Der hörte intensiv zu und unterrichtete im Anschluss daran Schneider: »In der Nähe von Frankfurt ist ein BMW gefunden worden, der dort schon längere Zeit gestanden haben muss. Er gehört einem Typen, den Zorn gelegentlich als Zuträger von Informationen beschäftigt hat. Und dies offenbar nicht nur offiziell. Das heißt, Zorn hat mit dem Mann, einem bisher nicht verurteilten Kriminellen, irgendwie herumgekungelt. Er ist nicht aufzufinden. Es ist schon merkwürdig. Zorn war Ermittlungsleiter in mafiösen Strukturen. Dort sind über die Jahre etliche Menschen verschwunden. Es gibt absolut keine Spur von ihnen. Und dann verschwindet dieser Hauptermittler mitsamt einem seiner illegal beschäftigten Zuträger. Der Eine versinkt im Harz zusammen mit einem Geist im Erdboden, und der Andere war zuletzt in Frankfurt. Jedenfalls wurde dort sein Auto gefunden.«

»Das ist ziemlich ominös. Ich möchte bezweifeln, dass uns da das Fräulein Höschen irgendwie behilflich sein kann. Wahrscheinlich hat sie sich inzwischen ohnehin mit den Sauschlägers abgesprochen.«

Nachdem sie ihre übergroßen Schnitzel verputzt hatten, fuhren sie durch den Ort und dann den Schulberg hinauf. Rita hatte natürlich längst bei Lilly angerufen und sie informiert, was auf sie zukam. Sie musste Lilly instruieren, dass sie das Gleiche aussagte wie sie selbst.

»Kein Problem, Rita, ich werde den Herren schon alles so verkaufen, dass sie am Ende nicht mehr wissen, ob sie Männlein oder Weiblein sind.«

»Ich glaub, das wissen se all jetze net mehr. Dar Wüstenschütz hat gekuckt, als ob er net mehr alle Tassen im Schrank hat.«

Sie parkten ihren Wagen in der Einfahrt von Lilly Höschens Haus und stiegen aus. Als Wüstenschütz sich umdrehte, sagte er bewundernd: »Meine Güte, was ist das denn hier für ein Ausblick! Diese bewaldeten Berge! Das ist ja herrlich.«

»Ja. Jetzt weißt du auch, warum ich im Harz bleibe, trotz der speziellen Mentalität der Menschen.«

Lilly tat höchst überrascht, als sie die Tür öffnete: »Nanu, Herr Schneider, was führt Sie denn zu mir? Sind Sie etwa wieder auf Verbrecherjagd und erhoffen sich meine Hilfe?«

»Guten Tag, Fräulein Höschen. Darf ich vorstellen: Herr Wüstenschütz vom Bundeskriminalamt.«

»Guten Tag, Herr Wüstenschütz. Was für ein interessanter Name. Treten Sie ein.«

In der großzügigen Essecke ihres Wohnzimmers bot sie ihrem Besuch etwas zu trinken an. Schneider wollte ein Glas Wasser, und Wüstenschütz ließ sich zu einem Glas selbst gemachter Zitronenlimonade überreden. Schneider bekam ein maues Gefühl, wagte aber nicht, seinem Kollegen abzuraten.

Als alle saßen, fragte Lilly: »Nun, meine Herren, was kann ich gegen Sie unternehmen? Hahaha, kleiner Scherz. Ich wollte natürlich fragen: Was kann ich für Sie tun?«

Schneider übernahm das Reden: »Wir waren bei Familie Sauschläger, um nach einem Mann zu forschen, der verschwunden ist.«

»Ach, Sie meinen sicherlich diesen zornigen Herrn Zorn. Ja, das war seltsam. Ich war gerade bei Rita und Hannes, als sie Besuch von diesem Mann bekamen. Er spielte sich ganz schön auf, ohne dass ich überhaupt recht mitbekam, was er eigentlich wollte.«

»Was hat er denn gefragt?«, wollte Wüstenschütz wissen.

»Ach, er schwafelte solch ein wirres Zeug von der Mafia. Als ob die harmlosen Sauschlägers oder ich etwas mit der Mafia zu tun hätten. Also das Ganze führte zu nichts. Offenbar war er an der falschen Adresse gelandet oder er ging einer Fehlinformation nach. Weder die Sauschlägers noch ich konnten ihm folgen. Wir wussten schlichtweg nicht, was er mit diesem Besuch bezweckte. Ich hatte schon meine Zweifel, ob er überhaupt vom BKA ist.«

»Aber er hat Ihnen doch sicherlich seinen Dienstausweis

gezeigt?«, fragte Schneider.

»Ach, irgend solch ein Teil hat er natürlich gezeigt. Aber wie soll man prüfen, ob es echt ist? Das kann einem auch jeder Verbrecher zeigen.«

»Und wie sind Sie dann verblieben?«, fragte Wüstenschütz.

»*Ich* bin noch eine Zeit lang verblieben, Herr Zorn zog es vor, im Erdboden zu versinken.«

»Wie das?«, fragte Schneider. »Wie soll ich mir das vorstellen?«

»So, wie ich es sage, lieber Herr Schneider. Ich hatte Ihnen ja schon bei anderer Gelegenheit von diesem Steiger Franz berichtet, einem Geist, der im 19. Jahrhundert in Lautenthal gewohnt hat. Also da war er natürlich noch kein Geist. Der Mann zieht durch die Wälder – oder auch hier durch den Ort – und singt vom Jammertal. Ich hatte ja schon eine Parapsychologin hinzugezogen und auch eine Esoterikerin, um Klarheit zu erlangen. Aber so wirklich befriedigende Antworten habe ich nicht bekommen. Jedenfalls tauchte dieser Steiger Franz dort auf dem Sauschlägerschen Grundstück auf, hat gesungen und Herrn Zorn zu sich gerufen. Dann sang der Mann: *Ich hole heut den Nächsten ab, führe ihn ins feuchte Grab, verdammt zu leben immerdar in dieser bösen Höllenqual.* Die beiden Männer, also Steiger Franz und Herr Zorn, standen unter der großen Ulme und versanken innerhalb von Sekunden im Erdboden. Wir trauten unseren Augen nicht, aber so war´s.«

Fast eine Minute lang Schweigen. Dann fragte Wüstenschütz: »Wie ist Herr Zorn denn überhaupt zu den Sauschlägers gekommen?«

»Mit dem Auto.«

»Und wo ist das Auto dann abgeblieben? Ist es gleich mit versunken?«

»Nein, Herr Zorn wurde von einem Chauffeur gebracht, der dann wieder gefahren ist. Er kam auch nicht noch mal, um ihn wieder abzuholen.«

»Wie sah denn der Chauffeur aus und was hatte er für einen Wagen?«

»Das weiß ich doch nicht. Ich erinnere mich nur an einen schwarz gekleideten Herrn. Ich habe ihn ja auch nur kurz von Weitem gesehen. Und das Auto war auch dunkel, aber ich weiß nicht, um welche Marke es sich gehandelt hat.«

Lilly schenkte Herrn Wüstenschütz von ihrer Speziallimonade nach, der sich bedankte und sagte: »Die schmeckt ausgezeichnet.«

Schneider schaute ziemlich skeptisch drein, sowohl hinsichtlich der Limonade als auch der Erzählung Lillys wegen. »Und Sie wollen uns wirklich nicht auf den Arm nehmen, Fräulein Höschen?«, fragte er.

»Aber nein, Sie kennen mich doch.«

»Ja ja. Ich frage mich nur, was wir jetzt tun sollen. Vielleicht den Baum fällen und mit einem Bagger den Boden ausheben?«

»Also, meine Freundin Gretel, der ich von dem Vorfall berichtet hatte, kam mit einer esoterisch angehauchten Dame, einer gewissen Frau Himmelreich, um sich noch einmal alles genau schildern zu lassen. Diese Frau meinte, man könne so tief graben, wie man will, man würde dort weder den Steiger Franz noch Herrn Zorn finden.«

»Warum?«

»Weil die beiden Männer in einer Art Parallelwelt gelandet sind. Von mir aus können Sie es auch Hölle nennen.«

Wüstenschütz trank sein Glas in einem Zug leer und atmete tief durch. Lilly schenkte nach.

»Also, diese Geistergeschichten bringen uns nicht weiter«, sagte Wüstenschütz. »Ein Beamter des BKA ist verschwunden. Was soll ich denn meinen Vorgesetzten erzählen, was mit ihm passiert ist?«

»Vielleicht versuchen Sie es einfach mit der Wahrheit«, gab Lilly zur Antwort.

»Damit man mich in die Irrenanstalt einweist? Könnte es

vielleicht sein, dass Sie und das Ehepaar Sauschläger sich das alles nur ausgedacht haben?«

»Warum sollten wir das tun?«

»Vielleicht, weil Sie Herrn Zorn umgebracht haben. Was hatte der Mann gegen Sie oder die Sauschlägers in der Hand, dass Sie ihn beseitigt haben?«

Zunächst war Lilly leicht perplex angesichts dieser aggressiven Wendung des BKA-Mannes. Dann entschloss sie sich aber, es von der humorvollen Seite zu nehmen: »Sie haben mich ertappt, Herr Wüstenschütz. Herr Zorn hatte zwar nichts gegen uns in der Hand, aber ich mochte ihn einfach nicht. Sein schnöselhaftes Benehmen, seine lange Nase und überhaupt ... Da ich in meinem Alter nicht mehr bereit bin, mich über solche Typen zu ärgern, habe ich ihn kurzerhand erschossen. Rita sagte zwar, das sei ja nun auch nicht nötig gewesen. Und Hannes fragte, was wir nun mit der Leiche machen sollten. Da fiel mir Eleonore ein.«

»Wer ist Eleonore nun wieder?«, fragte Schneider.

»Sie ist eine Freundin, die eine wunderbare Sülze produziert. Ich rief sie an und sagte, ich hätte etwas für sie. Also kam sie vorbei, hat den Typen in ihren Kofferraum geladen und zu Hause in die Sülze gehauen. Ich müsste noch ein Glas da haben. Haben Sie Hunger, meine Herren?«

Es dauerte einige Sekunden, bis es bei den Kriminalbeamten klick machte, aber dann lachte Schneider los – und kurz danach auch Wüstenschütz. Dann läutete es an der Tür. Lilly drückte auf den Türöffner, und ein paar Sekunden später stand Amadeus im Zimmer.

»Nanu, Amadeus, deine Fürsorglichkeit nimmt in letzter Zeit beängstigende Züge an. Herrn Schneider kennst du ja. Der andere Herr ist vom Bundeskriminalamt und hört auf den schönen Namen Wüstenschütz.«

Amadeus reichte den beiden die Hand und schaute skeptisch, während Lilly noch ein Glas holte und Amadeus mit Wasser versorgte. Herrn Wüstenschütz, der sein Glas schon wieder geleert hatte, schenkte sie zum vierten Mal Limonade nach.

»Darf ich fragen, was Sie von meiner Großtante wollen, Herr Schneider?«

»Wir hatten einige Fragen bezüglich eines Kollegen aus dem BKA, der spurlos verschunden ist. Seinen Wagen fanden wir im Harz. Und sein GPS hat uns verraten, dass er neulich bei den Sauschlägers war. Ihre Großtante hatte den Kollegen dort ebenfalls gesehen.«

»Und nun erhoffen Sie sich, den Mann mithilfe meiner Großtante aufzuspüren?«

»Ja, das war unsere Hoffnung. Leider hat sie sich bis jetzt nicht erfüllt. Laut Aussage Ihrer Großtante und der Sauschlägers soll der Mann zusammen mit einem Geist im Erdboden versunken sein.«

»Ah ja, ich verstehe. Es ist ja völlig normal, dass Menschen im Harz einfach so im Erdboden versinken.«

»Tja, und leider kommen wir mit der Aussage Ihrer Großtante und der der Sauschlägers überhaupt nicht weiter. Sie beharren darauf, dass es so war. Eben hat uns Ihre Großtante sogar in die Irre geführt und gesagt, sie hätte den Mann erschossen, und eine Freundin hätte ihn zu Sülze verarbeitet.«

Amadeus sah Lilly streng an, die nun einigermaßen erbost sagte: »Hallo, ich bin auch noch da. Sie brauchen sich mit Amadeus nicht zu unterhalten, als sei ich ein ungezogenes Kind. Ich würde sagen, Sie fahren jetzt in Ihre Dienststelle und suchen nach anderen Lösungsmöglichkeiten, anstatt Ihre schlechte Laune über Ihr Unvermögen an unschuldigen Bürgern auszulassen. Und du, mein lieber Juristengroßneffe, fährst ebenfalls nach Hause und kümmerst dich um Frau und Kinder.«

»Ja, ich glaube, das ist das Beste, was ich tun kann. Dein immerwährendes Herumeiern mit Polizei und Verbrechern kann ich im Moment nicht gut ertragen.«

Wüstenschütz trank seine Limonade aus und Lilly begleitete die drei Männer noch vor das Haus. Der BKA-Beamte hatte leichte Schlagseite. Es fühlte sich an, als ginge er auf Watte. Am Rosenbeet kam er ins Stolpern und hielt sich an Amadeus fest. Als beide zusammen in die Rosen stürzten, sagte Lilly: »Amadeus, wenn es jetzt zur Gewohnheit wird, bei jedem Besuch meine Rosen platt zu machen, dann wirst du demnächst den Hintereingang benutzen.«

Im Auto sagte Wüstenschütz zu Schneider: »Ich glaube, die alte Dame hat mich besoffen gemacht. Ich weiß nur nicht, ob mit ihrem Gerede oder der Zitronenlimonade.«

»Mit beidem«, sagte Schneider. »Du hast mit der Limonade bestimmt eine halbe Flasche Wodka intus. Und der Redefluss von Lilly Höschen hat dir dann den Rest gegeben. Tröste dich damit, dass du nicht der Erste bist, den das alte Fräulein zu Fall gebracht hat. Eine Psychologin ist neulich auch im Rosenbeet gelandet. Ein paar Tage vorher ist sie nach dem Genuss der berühmten Zitronenlimonade mit dem Kopf gegen meine Autotür geprallt.«

Der USB-Stick

Am nächsten Morgen saß Wüstenschütz zusammen mit Schneider in dessen Büro. Ziemlich ernüchtert mussten sie resümieren, dass sie keinen Schritt weitergekommen waren auf der Suche nach Kriminaloberrat Zorn.

»Es ist zum Mäusemelken«, sagte Wüstenschütz. »Wir haben nicht den geringsten Anhaltspunkt. Wenn wir wenigstens das dienstliche oder das private Handy von Zorn hätten. Aber die hat er offenbar mit in die Hölle genommen, wenn man der Aussage von Fräulein Höschen folgen will. Das Schlimmste ist, dass Zorn offenbar privat herumgeschnüffelt hat. Es gibt nicht den geringsten Hinweis in den Akten auf eine Verbindung Richtung Harz. Und die Sauschlägers machen auf mich nicht gerade den Eindruck, als seien sie in schwerkriminelle Vorgänge verwickelt. Die prügeln sich lieber mit der Verwandtschaft herum oder lassen harmlose Polizisten in Entkleidungsmaschinen laufen. Um Gottes willen, Gerald, erzähl das bitte keinem Menschen.«

Schneider grinste. »Abgemacht. Rosenbeet und Zitronenlimonade eingeschlossen.« Das Telefon läutete. Schneider nahm ab: »Fräulein Höschen, guten Tag.«

Wüstenschütz verzog demonstrativ das Gesicht, und sein Kollege schaltete auf »Mithören«.

»Hallo, Herr Schneider. Ich hatte gestern ganz vergessen, Ihnen etwas mitzugeben, was sicherlich interessant für Sie sein könnte. An der Stelle, wo dieser zornige Herr Zorn in der Erde versunken ist, hatte ich einen USB-Stick gefunden, der eben diesem Herrn gehört haben muss.«

»Einen USB-Stick?«

»Richtig. Den Sauschlägers gehörte er jedenfalls nicht. Möglicherweise werden USB-Sticks nicht in die Hölle transferiert. Vielleicht hat er ihn aber auch nur verloren. Jedenfalls habe ich den Stick mitgenommen und vorhin mal in meinen Computer gesteckt.«

»Mit welchem Ergebnis?«

»Er enthält Textdateien. Diese wiederum enthalten jede Menge Namen und eine Auflistung von Geldbeträgen. Und es scheint dort auch Mordbefehle zu geben.«

»Mordbefehle? Fräulein Höschen, was hat denn das nun wieder zu bedeuten?«

»Na, Sie stellen Fragen, Herr Schneider. Bin ich bei der Polizei oder Sie? Die Dateien sind sehr umfangreich. Ich bitte um Verständnis, dass ich sie nicht für Sie analysieren kann. Das müssen Sie schon selbst tun.«

»Fräulein Höschen, ich muss diesen Stick sofort in Goslar haben.«

»Na, dann holen Sie ihn sich doch hier ab. Oder meinen Sie, ich übernehme auch noch Botenfahrten für Sie? Zuerst halten Sie mich für eine Spinnerin, weil Sie mir nicht glauben, dass es diesen Steiger Franz überhaupt gibt. Dann glauben Sie nicht, dass er mit Herrn Zorn im Erdboden versunken ist, und dann soll ich Ihnen auch noch das Beweismaterial hinterher tragen.«

»So war das nicht gemeint, Fräulein Höschen. Selbstverständlich hole ich den Stick bei Ihnen ab.«

»Ach, das geht ja nicht,« sagte Lilly. »Ich wollte gerade wegfahren. Aber wie der Zufall es will: nach Goslar. Also, ich bringe Ihnen den Stick doch vorbei. Am Ende bringen Sie wieder diesen Herrn Wüstenschütz mit, der meine Rosen dann endgültig platt macht. Also, ich fahre gleich los. Bis dann.«

Die beiden Kriminalbeamten sahen sich an, als zweifelten sie an ihrem Verstand. Gut eine halbe Stunde später betrat Lilly das Büro von Schneider. Die beiden Hauptkommissare erhoben sich respektvoll, um der Dame die Hand zu schütteln. Lilly setzte sich an den kleinen Besuchertisch, ließ sich von Schneider eine Tasse Kaffee geben und kramte in ihrer Handtasche.

»Ach, so ein Mist. Wo ist denn dieser vermaledeite Stick nun wieder?« Dann hatte sie ihn in der Hand. »Also, ich bin mir jetzt nicht sicher, ob er das ist. Ich habe meist mehrere von diesen Dingern bei mir. Das ist so praktisch. Probieren Sie doch mal, ob es der Richtige ist, Herr Schneider.«

Er ging zu seinem Schreibtisch und steckte den USB-Stick in seinen Rechner. Nach ein paar Sekunden schallte laute Musik durch den Raum: *Uf de schwäb´sche Eisebahne gibt´s gar viele Haltstatione* ... Schneider sah Lilly an wie ein Idiot. Wut stieg in ihm auf. Sollte diese Kanaille ihn doch tatsächlich veräppeln? Dazu hatte er absolut keine Muße. *Rulla rulla rullala* ... Er entfernte der Speicherstick aus seinem PC und Lilly sagte: »Das war leider der Falsche.«

Dann hielt sie einen anderen in der Hand, reichte ihn Herrn Wüstenschütz, der ihn zu Schneider brachte, der jetzt unter größter Beherrschung ruhig blieb und sagte: »Ich hoffe, dass Sie mich nicht veralbern, Fräulein Höschen.«

»Das würde ich mir nie erlauben, Herr Schneider.« Er steckte also den anderen Stick in den Rechner und staunte ungläubig. Wüstenschütz kam um den Schreibtisch herum und starrte wie magnetisiert auf den Bildschirm. Nach einer Weile sagte Lilly: »Wie ich Ihrer Wortkargheit entnehme, handelt es sich nun wohl um den richtigen Stick.«

»Das denke ich mir«, sagte Wüstenschütz. »Wenn wir noch Fragen haben, melden wir uns. Erst einmal herzlichen Dank!«

»Sie haben bestimmt keine Fragen mehr, die ich Ihnen beantworten kann. Ich habe alles in epischer Breite erzählt. Jetzt möchte ich erst einmal etwas Ruhe vor der Polizei haben. Viel Vergnügen bei der Verbrecherjagd, meine Herren.«

»Danke«, sagte Wüstenschütz, ohne seinen Blick vom Bildschirm zu wenden.

Schneider ging auf sie zu und reichte ihr die Hand. »Dankeschön, Fräulein Höschen. Und den Stick haben Sie bei den Sauschlägers gefunden?«

»Das sagte ich bereits. Er lag an der Stelle, wo Zorn gen Hölle gefahren ist.«

Wüstenschütz, der Mafiajäger

Die beiden Kommissare hatten sich lange den Kopf darüber zerbrochen, wie Lilly Höschen nun wirklich an diesen Stick gekommen war. Es klang einfach zu unwahrscheinlich, dass sie ihn *gefunden* hatte. Auf der anderen Seite war es aber noch unwahrscheinlicher, dass sie auf sonstige Weise in seinen Besitz gelangt sein konnte. Es musste doch irgendetwas geben, was Zorn überhaupt veranlasst hatte, nach Clausthal-Zellerfeld zu kommen und mit den Sauschlägers und Lilly Höschen zu reden. Aber sie fanden einfach keine Erklärung. Auf jeden Fall war das Material auf diesem Speichermedium derart brisant, dass sie hier einen ganz großen Coup landen würden. Brisant für mutmaßliche Verbrecher, denen man nun endlich an den Kragen gehen konnte, brisant auch für etliche ehrenwerte Bürger – und nicht zuletzt für Kriminaloberrat Zorn, der hier bezichtigt wurde, erhebliche persönliche Vorteile in Anspruch genommen zu haben. Sollte er noch einmal auftauchen, würde er aus dieser Nummer nicht mehr herauskommen. Wahrscheinlich hatte er es irgendwie arrangiert, dass die Sauschlägers und Fräulein Höschen diese komische Aussage gemacht hatten, um sich abzusetzen. Allerdings war nicht davon auszugehen, dass die drei Zeugen der merkwürdigen Höllenfahrt da irgendwie mit drinsteckten. Weitere Vernehmungen, da waren sich die beiden Kommissare einig, würden absolut kein Licht in diese Vorgänge bringen. Man konnte jetzt nur nach Zorn und dem Typen, dessen Wagen man in Frankfurt gefunden hatte, fahnden. Wie Wüstenschütz seinen

Vorgesetzten erklären sollte, auf welche Weise man zu dem Speicherstick gekommen war, wusste er noch nicht, als er sich auf den Weg nach Wiesbaden machte. Für Schneider war die Sache vorerst erledigt. Vielleicht würde man vom BKA aus noch mal auf ihn zukommen, falls sich durch die Auswertung der Daten eine weitere Spur in den Harz ergeben sollte. Aber er glaubte es eher nicht. Und damit lag er richtig.

Beim Bundeskriminalamt war man völlig aus dem Häuschen. Der Besuch des Hauptkommissars im Harz wurde als voller Erfolg gewertet. Es wurde eine Sonderkommission Zorn gebildet unter Leitung von Wüstenschütz. Dieser hatte direkt dem Chef des BKA zu berichten, der ihm in Aussicht stellte, bei nächster Gelegenheit zum Kriminalrat befördert zu werden. Niemand fragte konkret nach, wie er in den Besitz des USB-Sticks gekommen war. Das Material darauf war von solcher Wirkungskraft, dass absolut nichts nach außen dringen durfte. Wüstenschütz hatte freie Hand, sich die fähigsten und vertrauenswürdigsten Leute für diese Arbeit auszusuchen. Wenn dann genügend Beweise gesichert waren, käme es zum großen Knall. Etliche mafiöse Strukturen würden mit einem Schlag zerstört werden, und das nicht nur in Deutschland. Ab und zu musste er an dieses merkwürdige alte Fräulein denken und an die Sauschlägers. Als er an seinem Schreibtisch saß, um sich mal für ein paar Minuten vom Stress des Tages zu erholen, fielen ihm die Sauschlägers wieder ein, wie sie sich mit der Verwandten – wie nannten sie die Frau noch? – das alberne Büttner Hannel – gezankt hatten. Dann diese Entkleidungsmaschine. Selten in seinem Leben hatte er sich so geniert, als er plötzlich nackt auf der Terrasse gestanden hatte und sich vor diesen fremden Leuten wieder anziehen musste. Plötzlich fing er an zu lachen, lang und ausgiebig. Ganz vorsichtig öffnete eine Kollegin die Tür, um zu schauen, ob alles in Ordnung war. Als er sich wieder einigermaßen im Griff hatte, sagte er: »Bettina, die Leute im Harz sind total bekloppt.

Ich habe in meinem Leben noch keine derartige Anhäufung von Verrückten gesehen.«

Leicht verwundert schloss sie die Tür wieder und dachte: »Hoffentlich hat es auf dich nicht allzu sehr abgefärbt.«

Später am Nachmittag telefonierte er mit Gerald Schneider in Goslar. »Und ihr habt keine weiteren Spuren entdeckt, die in Richtung Harz führen?«

»Nein, so gern ich noch mal gekommen wäre – allein schon, um die Sauschlägers wiederzusehen oder eine Zitronenlimonade bei Fräulein Höschen zu trinken – aber dazu besteht kein Anlass.«

»Das beruhigt mich. Wenn ich mir vorstelle, wir müssten das riesige Grundstück der Sauschlägers auf den Kopf stellen oder versuchen, dem alten Fräulein etwas aus der Nase zu ziehen, das wäre mir nicht sehr angenehm. Und von Zorn bisher keine Spur?«

»Nein, absolut nichts. Entweder er ist wirklich im Boden versunken, dann soll er da bleiben, oder er sitzt an irgendeinem langweiligen Strand in Brasilien. Von mir aus kann er da auch bleiben. Wir sind dabei, den Coup des Jahrhunderts zu landen. Wenn das alles vorbei ist, besuche ich dich mal privat.«

»Ich nehme dich beim Wort.«

Im Jammertal

Es war Oktober geworden. Rita hatte Dornensträucher auf die Grube gepflanzt, in die Steiger Franz mit Zorn eingefahren war. Es hatte eine längere Regenperiode gegeben. Die immergrünen Fichten wirkten dunkler, die Blätter der Laubbäume wirbelten durch die Luft. Die Nächte waren schon empfindlich kalt. Heute war der erste schöne Herbsttag. Die Sonne meinte es gut. Lilly kam auf die Idee, bei diesem schönen Wetter nach Clausthal zu fahren, um Hannes und Rita zu besuchen. Wenn man sich einen warmen Pullover anzog, konnte man den Nachmittag sicherlich auf der Terrasse verbringen.

»Na, habt ihr noch mal etwas vom albernen Büttner Hannel gehört?«, fragte Lilly, als sie mit Hannes und Rita auf der Terrasse saß.

»Ha!«, brüllte Hannes. »Das musst de dir ankucken.« Rita hatte schon ihr Smartphone bereit, tippte darauf herum und reichte es Lilly. Diese traute ihren Augen nicht. Sie musste es sich noch mal anschauen, dann brach sie in Gelächter aus und Hannes sagte: »Das is net mehr es alberne Büttner Hannel. Das heißt ab sofort es Zebra mitm nackelten Marsch.«

Als sich alle wieder beruhigt hatten, fragte Lilly: »Und vom Steiger Franz habt ihr wahrscheinlich auch nichts mehr gehört?«

Rita verzog das Gesicht und sagte: «Der soll bloß bleim, wo da Pfeffer wächst.«

Es herrschte eine unglaubliche Ruhe. Lilly genoss es, in diesem kleinen Paradies zu sitzen und einfach mal schweigend diesen Altweibersommertag zu genießen. Plötzlich war eine Stimme zu hören. Ganz leise. Sie gab eine Art Singsang von sich. Das kam ihr bekannt vor. Die Stimme wurde allmählich lauter. Auch Rita und Hannes hörten sie und schauten sich angstvoll an. Das hatte nichts Gutes zu bedeuten. Die Stimme kam näher. Jetzt wussten sie, was das war. Dann sahen sie ihn.

Rita rief: »Dar Steicher Franz!«

»Nein«, flüsterte Lilly, »das ist nicht der Steiger Franz, das ist der zornige Herr Zorn. Er trägt den Hut vom Steiger Franz.«

Er kam auf sie zu, Schritt für Schritt, bis kurz vor die Terrasse, sah die Drei mit verhärmtem Gesicht an und sang:

Wir müssen im Jammertal leben,
unsere Sünden werden nie vergeben.
Tut Buße zur rechten Zeit,
sonst seid ihr verloren in Ewigkeit.«

Dann drehte er sich um, ging langsam in die entgegengesetzte Richtung und verschwand zwischen den Bäumen. Bald war er nicht mehr zu hören. Der Schreck saß ihnen in den Gliedern.

»Ich dachte all, jetze holt er mich«, sagte Hannes. »Diser verfluchte Krepel.«

Lilly entgegnete ganz sachlich: »Offenbar ist Steiger Franz in Rente gegangen. Und er hat seinen Hut an Herrn Zorn weitergegeben, weil er sein Nachfolger ist.«

Rita schaute Lilly an und sagte: »Ich zoch nach Honnelulu.«

»Fein«, erwiderte Lilly. »Dann kann ich dich ja mal besuchen.«

Ein paar Worte hinterher

Es gibt Romanfiguren, die uns begleiten, als seien sie reale Personen. So gab es schon Leute, die in Lautenthal nach dem Haus von Lilly Höschen gesucht haben oder in Clausthal-Zellerfeld nach dem Anwesen der Sauschlägers Ausschau hielten.

Als im Jahr 2011 das Buch »Sauschlägers Paradies« herauskam, konnte ich nicht ahnen, welcher Beliebtheit sich diese Familie erfreuen würde. Seit dieser Zeit gibt es kaum eine Lesung, wo ich nicht auf sie angesprochen werde. Die Sauschlägers sind Oberharzer Originale, wie man ihnen in meiner Kindheit noch oft begegnet ist. Ihre Sprache wie auch eine sehr pragmatische Mentalität, ihre Direktheit, einfach ungeschminkt auszusprechen, was man denkt, das alles ist in unserer komplizierten Welt eher selten geworden. Seit dem 19. Jahrhundert haben Generationen von Lehrern, die fast nie aus dem Harz stammten, versucht, vor allem die Sprache, das Ewerharzerische, auszurotten. Erst in den letzten Jahren kamen Menschen auf die Idee, dass dies einen Verlust an Kultur bedeutet. Nur in den sieben Oberharzer Bergstädten Clausthal, Zellerfeld, Sankt Andreasberg, Altenau, Bad Grund, Wildemann und Lautenthal war diese Sprache – und ich schreibe hier bewusst nicht Dialekt – beheimatet. Es waren vor allem die Einwanderer aus dem Erzgebirge, die ihre oberdeutsche Sprache hier kultivierten und aufgrund der »Insellage« im Laufe der Zeit veränderten.

Nachdem die Sauschlägers immer mal wieder Gastauftritte in meinen Büchern hatten, war es an der Zeit, ihnen ein weiteres Buch zu widmen. Viele Leser traten mit dem Wunsch an mich heran, zu erfahren, wie es mit ihnen weitergeht. Die Zeit war einfach reif, »Sauschlägers Jammertal« zu schreiben.

Ich danke meiner Autoren-Kollegin Gabriela Bock, die das Manuskript gelesen und mir erlaubt hat, ihre herrliche Romanfigur Eleonore in meine Geschichte aufzunehmen. Mein besonderer Dank gilt den Leserinnen und Lesern, die beharrlich auf eine Fortsetzung von »Sauschlägers Paradies« gewartet haben.

Duderstadt, im März 2018

Helmut Exner

Mehr von Helmut Exner

Walpurgismord
224 Seiten
4. Aufl. 02/2014
Taschenbuch, € 8,95
ISBN 978-3-936318-91-3
auch als eBook erhältlich

Sauschlägers Paradies
176 Seiten
2. Aufl. 09/2012
Taschenbuch, € 8,95
ISBN 978-3-936318-92-0
auch als eBook erhältlich

Die Segeberg-Connection
151 Seiten
2. Aufl. 10/2015
Taschenbuch, € 8,95
ISBN 978-3-936318-97-5
auch als eBook erhältlich

Lilly Höschen und ihr Gespür für Mord
156 Seiten
1. Aufl. 09/2012
Taschenbuch, € 8,95
ISBN 978-3-943403-17-6
auch als eBook erhältlich

Mörderische Harzreise
164 Seiten
2. Aufl. 09/2017
Taschenbuch, € 8,95
ISBN 978-3-943403-99-2
auch als eBook erhältlich

Die Toten von Silbernaal
171 Seiten
1. Aufl. 11/2012
Taschenbuch, € 8,95
ISBN 978-3-943403-20-6
auch als eBook erhältlich

Lilly fährt mit dem Zeppelin zum Mond
130 Seiten
1. Aufl. 09/2013
Taschenbuch, € 8,95
ISBN 978-3-943403-31-2
auch als eBook erhältlich

Familientreffen mit Leiche
192 Seiten
1. Aufl. 02/2014
Taschenbuch, € 8,95
ISBN 978-3-943403-34-3
auch als eBook erhältlich

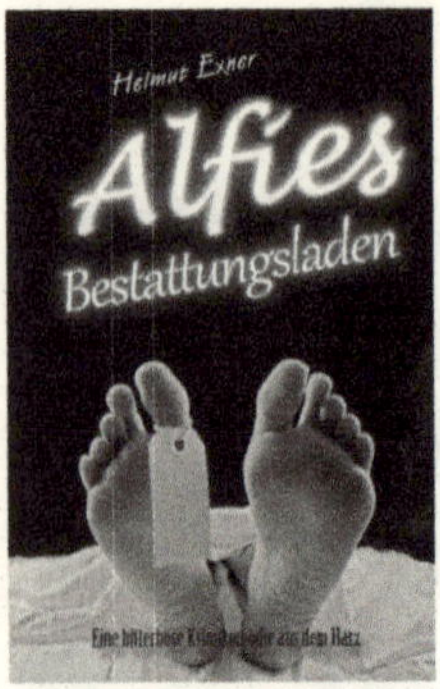

Alfies Bestattungsladen
192 Seiten
1. Aufl. 07/2014
Taschenbuch, € 8,95
ISBN 978-3-943403-37-4
auch als eBook erhältlich

MordsErbe
240 Seiten
1. Aufl. 03/2015
Taschenbuch, € 8,95
ISBN 978-3-943403-48-0
auch als eBook erhältlich

Das Böse über der kleinen Stadt
172 Seiten
1. Aufl. 10/2015
Taschenbuch, € 8,95
ISBN 978-3-943403-55-8
auch als eBook erhältlich

Von alten Büchern und Leichen im Keller
133 Seiten
1. Aufl. 03/2016
Taschenbuch, € 8,95
ISBN 978-3-943403-58-9
auch als eBook erhältlich

Im Kalten Tal

von Helmut Exner

1. Auflage 06/2016, 184 Seiten, Taschenbuch
Euro 8,95 (inkl. 7% MwSt.)
ISBN 978-3-943403-68-8
auch als eBook erhältlich

Auf dem Baumwipfelpfad in Bad Harzburg werden Lilly Höschen und ihre Freundin Gretel Kuhfuß Zeugen eines seltsamen Mordes. Die Täterin, die einen alten Mann in die Tiefe stürzt, sieht aus wie die Bundeskanzlerin. Zum Leidwesen der Kriminalpolizei taucht Oberstaatsanwältin Cesarine Zicke-Sandelholz auf und mischt sich in die Ermittlungen ein. Die Dame, die aussieht wie die Walküre aus der Wagneroper, macht den Fehler, sich mit Lilly anzulegen. Da geschieht ein weiterer Mord am selben Ort und auf dieselbe Weise. Wieder ist das Opfer ein alter Mann. Was verbindet die beiden Opfer miteinander? Gibt es noch weitere Menschen, die in Lebensgefahr schweben? Die Ermittler - und parallel dazu Lilly Höschen - müssen weit in die Vergangenheit eintauchen, um den Morden auf den Grund zu gehen.

Bratkartoffeln mit Champagner

von Helmut Exner

1. Auflage 04/2017, 192 Seiten, Taschenbuch
Euro 8,95 (inkl. 7% MwSt.)
ISBN 978-3-943403-92-3
auch als eBook erhältlich

Lilly Höschens ehemalige Schüler Sibylle und Manfred kehren nach zwanzigjährigem Amerika-Aufenthalt in die Heimat zurück. Manfred eröffnet ein Luxusrestaurant im beschaulichen Fachwerkstädtchen Duderstadt, wo er in seiner exzentrischen Art schon mal meckernde Gäste in den Ziegenstall sperrt. Seine Frau Sibylle ist ein ganz anderes Kaliber. Aber ist sie wirklich eine Auftragsmörderin, die Lillys Großneffen Amadeus ans Leder will? Und welche Rolle spielt die Ex-Oberstaatsanwältin Cesarine Zicke-Sandelholz? Es gibt viel zu tun für das mittlerweile 86-jährige „Fräulein" aus dem Oberharz. Um Antworten auf ihre Fragen zu erhalten und herauszufinden, warum einige Gäste des Gourmettempels in aberwitzige Verbrechen verstrickt werden, reist sie mehrfach in die Eichsfelder Provinz. Zudem geht ihr ein Kommissar des LKA derart auf die Nerven, dass Lilly alles tut, um ihn in den Wahnsinn zu treiben.

Weitere Harzkrimis

Über ihnen lauert der Tod

von Rüdiger A. Glässer

1. Auflage 11/2017, 356 Seiten, Taschenbuch
Euro 12,95 (inkl. 7% MwSt.)
ISBN 978-3-947167-09-8
auch als eBook erhältlich

Kann man sich im Harz vor der Vergangenheit verstecken und unter falschem Namen ein neues Leben beginnen? Vier Männer, die in ihrem früheren Leben schwere Schuld auf sich geladen haben, versuchen es. Nachdem zwei von ihnen ermordet werden, entdeckt das Ermittlerteam um Hauptkommissar Pierre Rexilius auf den Computern der Opfer E-Mails mit biblischen Zitaten. Der Absender, der sich Moses nennt, ist nicht zurückverfolgbar. Rexilius ist davon überzeugt, dass die Botschaften einen Bezug zum Vorleben der Getöteten haben. Es beginnt ein Wettlauf mit der Zeit, um die Identität der weiteren Todeskandidaten zu ermitteln, bevor Moses wieder zuschlagen kann.

Venedigerzeichen

von Corina C. Klengel

1. Auflage 04/2017, 696 Seiten, Taschenbuch
Euro 14,95 (inkl. 7% MwSt.)
ISBN 978-3-943403-82-4
auch als eBook erhältlich

Goslar in heller Aufregung. Probebohrungen im Gosetal lassen auf ein neues Erzvorkommen schließen, und so mancher bejubelt bereits die Wiederauferstehung des Bergbaus. Dann taucht in der Gegend ein historisches Venedigerzeichen auf, das auf Betrug hinweist. Ein Geologe verschwindet, ein Nachtwächter aus dem Rammelsberg-Museum wird tot aufgefunden. Schließlich stößt Tilla, die Lebensgefährtin des zuständigen Kommissars, auf ein altes Manuskript aus der Zeit Agrippas, in dem von der Gründung eines Bergbauordens berichtet wird. Sie ahnt, dass sich ein weitreichendes Verbrechen über dem Harz zusammenbraut. Sind mit der dubiosen Bohrfirma tatsächlich die Nachfolger der alten Venediger in den Harz zurückgekehrt?

Harzer Freischütz

von Andrea Illgen

1. Auflage 04/2017, 240 Seiten, Taschenbuch
Euro 8,95 (inkl. 7% MwSt.)
ISBN 978-3-943403-89-3
auch als eBook erhältlich

Ein Freilichtfestival wird in Clausthal-Zellerfeld geplant, und alle sind dabei. Wirklich alle? Wer verfasst wohl die mörderischen Emails, und wer tötet die Primadonna? Was steckt hinter dem Donizetti-Club, wer bringt den Waldarbeiter um, und warum schließlich begeht eine bizarr gekleidete Frau Selbstmord auf einem Drahtseil? Harte Nüsse für Friederike Wolkenreich und ihre Freunde Konni, Ratte, Batz und den undurchsichtigen Christian Neuville. Zur Aufklärung dieser verzwickten Geschichte tragen alle bei, dieses Mal sogar selbst der windige Gemeindebürgermeister Rudolph Kahlhut. Dennoch – es ist ein langer Weg zur Premiere des *„Freischütz"* auf der Waldbühne, ein Weg, der die Beteiligten in die Tiefen eines Maislabyrinths führt und sogar einen waschechten Baron einschließt.

Eleonores beste Sülze

von Gabriela Bock

1. Auflage 09/2017, 248 Seiten, Taschenbuch
Euro 9,95 (inkl. 7% MwSt.)
ISBN 978-3-947167-00-5
auch als eBook erhältlich

Lonau, ein kleiner Luftkurort im Harz mit knapp 300 Einwohnern: Es ist die Nacht vom 31. Oktober auf den 1. November (Halloween). Nach einem Klassentreffen in der einzigen Gaststätte des Ortes wartet eine Teilnehmerin vergeblich darauf, dass ihr Mann sie abholt und macht sich schließlich allein auf den Weg nach Herzberg. In der Nähe des Flüsschens Lonau begegnet sie ihrem Mörder. Oder sind es zwei? Die gerichtsmedizinische Untersuchung ergibt, dass das Opfer vor ihrem Tod vergewaltigt wurde. Bei den Ermittlungen trifft Kommissar Geiger auf Eleonore Dix, eine ehemalige Mitschülerin der Toten. Er merkt sofort, dass Eleonore viel mehr ist als nur eine Zeugin. Dann wird ein alter Schulfreund, der auch auf dem Klassentreffen war, von seiner Ehefrau als vermisst gemeldet. – Ein skurriler Krimi mit einer Portion schwarzem Humor.

Neu im Frühjahr 2018

Erzfeuer

von Hans-Joachim Wildner

1. Auflage 04/2018, ca. 360 Seiten, Taschenbuch
Euro 12,95 (inkl. 7% MwSt.)
ISBN 978-3-947167-21-0
auch als eBook erhältlich

In der Nacht des 18. Oktober 1833 verschwindet auf der Königshütte der Ofenmeister Hans Röger. Seine Leiche wird in einem Wasserradschacht gefunden. Er wurde grausam ermordet. Der geistig zurückgebliebene Otto Wiegand gerät in Verdacht und wird in eine Irrenanstalt eingewiesen. Die Familie steht vor dem Abgrund.

Ottos Bruder Karl ist Bergmann in der Knollengrube. Er ist begabt und träumt davon, als Kunstmeister auf der Königshütte zu arbeiten. Als er sich in Johanna, die Tochter des Ermordeten verliebt, gerät seine Welt aus den Fugen. Johanna ist durch den Tod ihres Vaters mittellos und muss Lauterberg verlassen. Als Karls kleine Schwester Clara an Lungenentzündung erkrankt, geht er nach Clausthal, um eine Heilerin um Hilfe zu bitten. Zufällig läuft ihm dort Johanna über den Weg. Als sie ihm von einem weiteren Mord und einem verschollenen Familienerbe erzählt, wird Karl sofort klar: Sie soll das nächste Opfer sein. Er muss sie beschützen, aber zu Hause ringt seine Schwester mit dem Tod.

Neu im Frühjahr 2018

Die Hexenpapiere

von Karla Letterman

1. Auflage 04/2018, 212 Seiten, Taschenbuch
Euro 9,95 (inkl. 7% MwSt.)
ISBN 978-3-947167-15-9
auch als eBook erhältlich

Nie hätte Oberkommissar Alois Aisner damit gerechnet, in dem idyllischen Harzstädtchen Bad Lauterberg auf derart skurrile Leute zu stoßen. Schon an seinem ersten Arbeitstag kreuzen allerlei verdächtige Gestalten seinen Weg. Eine Gruppe Neonazis tritt immer dreister in der Öffentlichkeit auf und ängstigt Andersdenkende. Als Aisner den Tod einer alten Dame aufklären soll, die über brisante Papiere zur Hexenforschung verfügte, kommt allmählich Licht in die Machenschaften der rechten Gruppe. Es fehlt nur noch ein Puzzleteil, um den Ermittlungen zum Durchbruch zu verhelfen. Ausgerechnet Eagle-Eye, der Sohn seiner Lebensgefährtin, könnte den entscheidenden Hinweis geben. Aber der Zehnjährige schweigt, weil er selbst etwas zu verbergen hat.

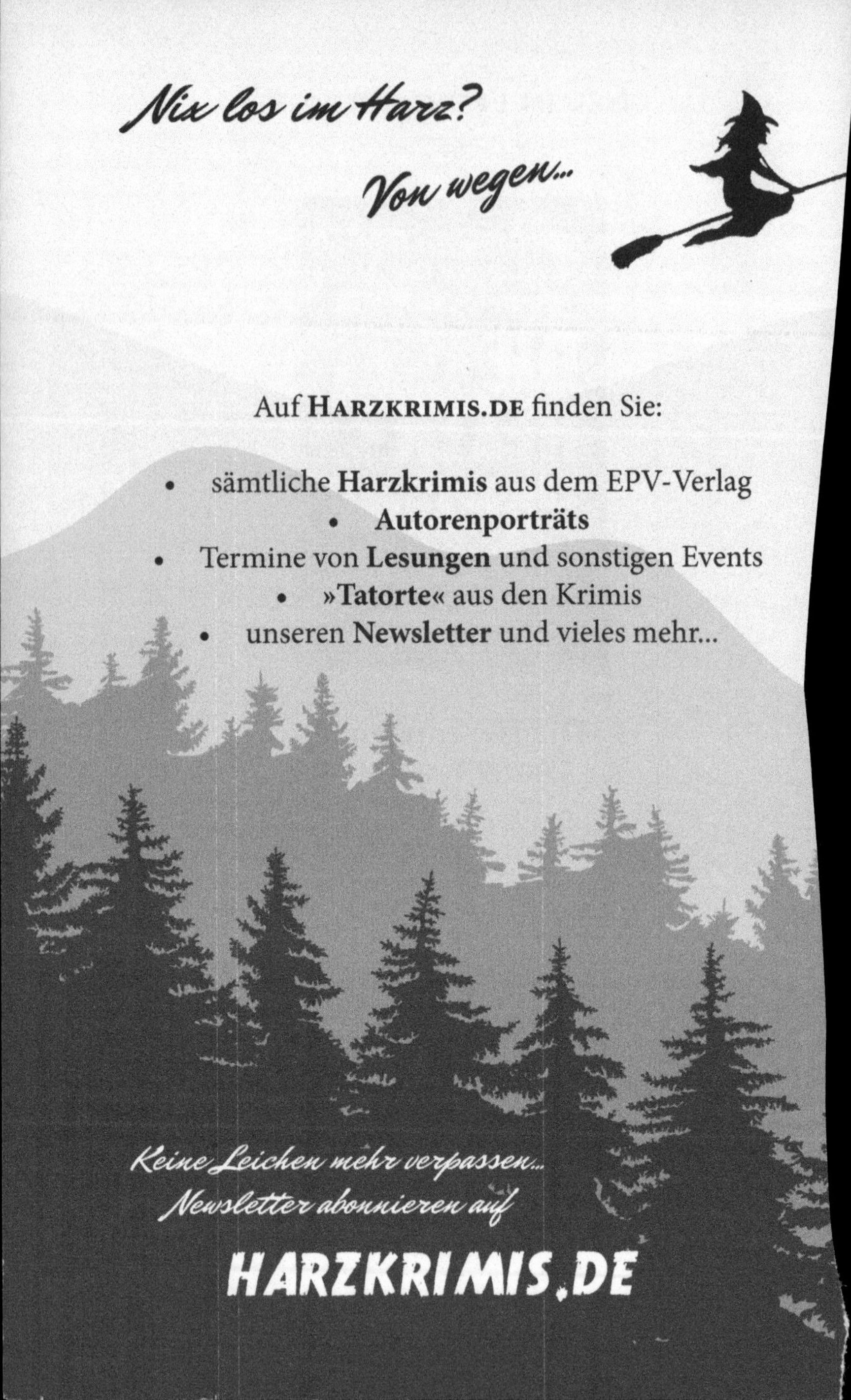
Nix los im Harz?
Von wegen...
Auf HARZKRIMIS.DE finden Sie:
• sämtliche Harzkrimis aus dem EPV-Verlag
• Autorenporträts
• Termine von Lesungen und sonstigen Events
• »Tatorte« aus den Krimis
• unseren Newsletter und vieles mehr...
Keine Leichen mehr verpassen...
Newsletter abonnieren auf
HARZKRIMIS.DE